キミが開く
恐《きょう》怖《ふ》の扉《とびら》
ホラー
傑《けっ》作《さく》
コレクション

ここから出して

菊地秀行　恒川光太郎　乙一

朝宮運河 編

目次

ここから出して

菊《きく》地《ち》秀《ひで》行《ゆき》

雨の町

天井《てんじょう》が鳴っている。何百人ものボランティアが、空からトタン屋根に小石をばらまいているような音だ。

私《わたし》のような貧乏《びんぼう》学生が泊《とま》る田舎町《いなかまち》の宿だ。安普請《やすぶしん》は仕方がないかも知れない。

ガイド・ブックの小さなコラムに、日本一雨量の多い町と記されていたのが、鈍行《どんこう》を下りる契機《きっかけ》になった。「都市」単位ならわかるが「町」というのは珍《めずら》しい。

列車は駅に着く少し前から車体の鋼《はがね》に雨滴《うてき》をためていた。

改札口を出たときには小降《こぶ》りだったのが、駅舎《えきしゃ》の向いにある宿へ入る間にどしゃ降《ぶ》りとなった。

どこかで雨漏《あまも》りがしているみたいな湿《しめ》っぽい部屋で、窓《まど》の外を眺《なが》めているうちに仲居《なかい》が夕食の膳《ぜん》を運んできた。頬《ほお》と唇《くちびる》が嫌《いや》に赤い、田舎者《いなかもの》丸出しの女だったが、おしゃべりで明るいのが気に入った。

「よく降《ふ》るねえ」

と言っただけで、この町の雨量が日本一なこと、ひどいときは、雨で前が見えなくなり、狭《せま》い町なかで交通事故《じこ》や迷子《まいご》が続出するなどと、給仕《きゅうじ》をしながら一気呵成《いっきかせい》にしゃべりまくった。

「こんな降《ふ》りは久《ひさ》しぶりだで、あんたも外へは出ん方がいいよ。ここだけの話だけど、外へ出たっきりになっちまった人が何人もいるんだから」

行方《ゆくえ》不明ということだろう。迷子《まいご》だけじゃ気が済《す》まなかったのか。

「こんなひでえ降《ふ》りは久《ひさ》しぶりだ。あんたも外へは出ん方がいいよ」

田舎者《いなかもの》特有の繰《く》り返《かえ》しに私《わたし》も同意した。それから、フィルター寸前《すんぜん》まで喫《す》った煙草《たばこ》を足下《もと》の灰皿《はいざら》で押《お》しつぶし、新しいのに手をのばした。空《から》だった。

仲居《なかい》に訊《き》いたら、買いおきは切らしてしまったという。

「明日にしな」

「そうできりゃいいんだけどな。傘貸《かさか》してくれない」

自販機《じはんき》は、十メートルも離《はな》れていない大衆《たいしゅう》食堂の前にあるという。

一歩玄関《げんかん》を出た途端《とたん》、傘《かさ》がひしゃげるかと思った。風がないからびしょ濡《ぬ》れの心配もないが、ズボンの裾《すそ》からたちまち染《し》みが上がってきた。もの凄《すご》いはねだ。

迷子《まいご》にはならずに済《す》んだようだ。何といっても十メートルである。自販機《じはんき》でハイライトを三つ買い、宿へ帰ろうとしたとき、酒の匂《にお》いが鼻をかすめた。

旅行費用がかつかつになってから、晩酌《ばんしゃく》はユースホステル利用の場合に限《かぎ》っていたが、こう間近で刺激《しげき》されては我慢《がまん》できなかった。また、旅先で面白《おもしろ》い話に出交《でくわ》すのは、こういうところが多いのだ。

がたがた喚《わめ》くガラス戸を引いて、私《わたし》は内部《なか》へ入った。

テーブルは五つあった。うち二つに三人ずつ客がついている。私《わたし》は近い方の隣《とな》りのテーブルにすわり、二級の銚子《ちょうし》を二本注文した。老婆《ろうば》といっても通用するくらい、皺《しわ》と白髪《しらが》の目立つ女が運んできた。

頃合《ころあい》を見て、隣《とな》りのテーブルに話しかけてみたが、効果《こうか》はかんばしくなかった。こちらを見ようともしない。銚子《ちょうし》をすすめても、

「どーも」

くらいで、猪口《ちょこ》を出す気配もない。こちらも慣《な》れている。こういう場合は早々に切り上げるのがコツだ。

最後のひとしずくを猪口《ちょこ》に垂《た》らしたとき、ガラス戸が開いた。

入ってきたのは、黒いポロシャツにジーンズをはいた大男だった。私《わたし》の二人分くらいはありそうだが、眼《め》を引いたのは、ひとめで筋者《すじもの》とわかる雰囲気《ふんいき》と顔立ちの剣呑《けんのん》さだった。

「ビールだ、三本」

私《わたし》の注文には返事もしなかった女が、

「はい」

と答えた。嫌々《いやいや》なのが明白な口調が救いだった。

男は手酌《てじゃく》で飲みはじめた。あきれるよりも感心するほどのピッチで三本を空《あ》け、新たに三本を注文した。

不安が私《わたし》の胸《むね》を重くした。店内の雰囲気《ふんいき》は、明らかに緊張《きんちょう》と反発とを孕《はら》んでいた。かたぎとやくざ——どちらも酒が入っている。そして、どちらも相手を怖《おそ》れている風はない。

不意に、黒シャツが立ち上がった。

「ツケで頼《たの》むぜ」

大声で喚《わめ》くとこちらを見もせずに店を出て行った。雨の音が高まり、すぐに断《た》ち切《き》られた。

私《わたし》の隣《となり》りで、誰《だれ》かが舌打《したう》ちした。

「ど腐《ぐさ》れ野郎《やろう》が」

私《わたし》はふり向き、戸口をにらみつけている赤ら顔と出会った。

「あの人――やくざですか？」

と訊《き》いてみた。連帯感に似《に》たものが私《わたし》たちをつないでいる。敵《てき》の敵《てき》は味方というやつだ。

「ああ。よそ者《もん》さあ」

「――何しに来たんです？」

「そらあ、稼《かせ》ぎにさあ」

何をして？　と訊《き》く前に、同じテーブルにいた、いっとう年配の男が、

「行くべ」

と言って立ち上がった。もうひとつのテーブルの連中も彼《かれ》につづく。私《わたし》もよそ者なのだ。

少し間を置いてから店を出た。

傘《かさ》をさした途端《とたん》に突風《とっぷう》が襲《おそ》った。

私《わたし》の手より風の方を選んだ傘《かさ》は、二、三メートル先を転がっていく。

ようやく捕《つか》まえたとき、全身は、さしてもささなくても同じ状態《じょうたい》に陥《おちい》っていた。まだ風呂《ふろ》に入れるだろうかと思いながら、私《わたし》は歩き出した。

すぐに気づいた。

見覚えのない道と、見覚えのない家並《いえな》みがつづいている。迷子《まいご》――という単語が耳の奥《おく》で鳴った。

傘《かさ》を追って角を曲がった。だが、それから十歩といかずに捕《つか》まえたはずだ。それとも――十歩では済《す》まなかったのだろうか。

どうせ駅の近くだ。すぐわかるさ――この程度《ていど》の考えで、うろつきはじめたのがまずかった。

線路も駅舎《えきしゃ》も宿も大衆《たいしゅう》食堂も――私《わたし》の見知っているものは、どこにも存在《そんざい》せず、布地《ぬのじ》を通して肌《はだ》を包む湿《しめ》り気《け》が、くしゃみを誘発《ゆうはつ》しはじめたのである。車はもちろん、人も通らない。街灯と、時折り家の灯《あかり》が滲《にじ》んで見えるばかりだ。雨もいっかな熄《や》む気配はない。

中学二年の山歩きを連想した。あのときも雨が降《ふ》っていた。軽装《けいそう》なのがまずかった。染《し》みこんだ雨は急速に体温と体力とを奪《うば》う。通りかかった別のグループと出交《でくわ》さなかったら遭難《そうなん》していたにちがいない。路上で倒《たお》れても遭難《そうなん》というのだろうか。

どこかの家へ、と覚悟《かくご》を決めたとき、足が止まった。前方――街灯の光の笠《かさ》の下に、小さな人影《ひとかげ》が立っているのが見えたのである。子供だ。傘《かさ》もささずに雨に打たれている。

私《わたし》は駆《か》け寄《よ》って傘《かさ》をさしかけ、

「どうしたんだ、こんなところで？」

と訊《き》いた。七、八歳《さい》に見える男の子だ。ずぶ濡《ぬ》れだが、利口そうな顔をしている。奇異《きい》に思えたのは、その表情《ひょうじょう》だった。

この状況《じょうきょう》なら泣いているのが普通《ふつう》なのに、まるで眠《ねむ》っているみたいにぼんやりしている。私《わたし》を見ても反応《はんのう》を示《しめ》さない。どこの子？　とも追《お》い討《う》ちをかけたが、返事はなかった。

「風邪《かぜ》ひくぞ。連れてってやるよ、家はどこ？」

私《わたし》はいらついて少年の肩《かた》をゆすった。こっちも遭難《そうなん》しそうなのだ。

やっと小さな――紫色《むらさきいろ》の唇《くちびる》が開いた。

「道に迷《まよ》っちゃった……木下《きのした》くん家へ行く途中《とちゅう》だったの」

「君の家はどこ？　名前は？」

答える代わりに、少年はふり向いた。それまでの反応《はんのう》の鈍《にぶ》さからは想像《そうぞう》もできない迅速《じんそく》な身のこなしだった。

「来る！」

短い叫《さけ》びが私《わたし》の耳に灼《や》きついた。小さな身体《からだ》は私《わたし》のかたわらをすり抜《ぬ》け、通りの反対側へと水を跳《は》ねとばしつつ走り去った。雨のせいでよく見えなかったが、横町《よこちょう》でもあるらしい。

追いかけながら、異常《いじょう》だ、と思った。巻《ま》き込《こ》まれるのは真《ま》っ平《ぴら》だ。

私《わたし》のやってきたのとは反対側の奥《おく》から、足音と人影《ひとかげ》が近づいてきた。

顔立ちがわかる距離《きょり》まで来たとき、私《わたし》は、おっと洩《も》らした。

フード付きのレインコートを着た巨漢《きょかん》は、食堂のやくざ風だった。相手も気づいたらしい。凄《すさ》まじい眼《め》つきで私《わたし》を貫《つらぬ》き、何かしゃべろうとしたが、やめた。意識的《いしきてき》に私《わたし》を避《さ》けて周囲を見廻《みまわ》し、私《わたし》の横を走《はし》り抜《ぬ》けて去った。

少年が「来る」と言った後で、あの男が「来た」。よそ者のやくざの仕事は、迷子《まいご》になった少年を探《さが》し出《だ》すことなのだろうか。それならなぜ、少年は逃《に》げたのか。

まともに思考するには異様《いよう》すぎる事態《じたい》だった。そんな体力も気力も失われている。私《わたし》はやくざのやって来た方向へとぼとぼと歩き出し、そこでようやく、通行人に出会った。

見たところ、どちらも八十に近いのではないかと思われる老夫婦《ろうふうふ》は、私《わたし》の様子を見て同情《どうじょう》し、そこから二分とかからないところにある自宅《じたく》へ招《まね》いてくれた。

下着と老人のポロシャツ、ズボンを借り、あたたかい居間《いま》でいれたてのコーヒーを飲むと、ようやく人心地《ひとごこち》がついた。

その間、私《わたし》の話を聞いていた老夫婦《ろうふうふ》は、聞き終えると顔を見合わせて、

「いやあ、よかった。それ以上、こんな降《ふ》りの中を歩き廻《まわ》っていたら、間違《まちが》いなく行《い》き倒《だお》れていたね」

「倒《たお》れるどころか、行方《ゆくえ》知れずになってますよ」

と、私《わたし》をとがめるような口調になった。

夫の方が、

「あんた、駅だの旅館だのを探《さが》してたと言うけど、駅までは、ここから一キロ以上あるんだよ」

私《わたし》は二《に》の句《く》が継《つ》げなかった。

「仕様《しよう》がないですよ、あなた。ここは雨の町なんですから。みぃんな、雨が悪いんです」

と夫人が取りなした。見たところ、家には二人しかいないらしい。

「雨の町——ですか」

私《わたし》はこう言って、コーヒーをひと口飲んだ。同じ液体《えきたい》でも雨は毒薬だが、これは黄金の湯だ。天井《てんじょう》からも壁《かべ》の向うからも雨音がきこえてくる。

「そうとも、ここ一年で、晴れた日は一週間もない」

「まさか」

「本当なんですよ」

と老夫人がフォローした。

「どういうわけか、ここばかり集中的に雨が降《ふ》るの。天の神さまに憎《にく》まれてるんじゃないかと思うくらい。よく川も増水《ぞうすい》して、今は慣《な》れたけど、昔は何人も流されて死んだのよ」

「隣《とな》り町は、じゃあ……」

「平凡《へいぼん》ですわね」

と夫人は夫に同意を求めるような眼《め》つきをして、

「普通《ふつう》の町ですよ」

「そっちへ住みたくないですか？」

と訊《き》いてみた。夫人の言い方に、侮蔑《ぶべつ》めいたものが感じられたからだ。

「そうねえ。昔はよく考えたけど、ここも住めば都。ぼんやり雨の音をきいてるのもいいし、私《わたし》たちみたいな年金暮《ぐ》らしになると、しっとりと家の中に閉《と》じこもっているのもいいもんですよ。よく眠《ねむ》れるし、読書もはかがいく。TV番組にも詳《くわ》しくなれる。ちょっと、神経痛《しんけいつう》が困《こま》りますけどね」

「近頃《ちかごろ》は、どしゃ降《ぶ》りの中へ出るのも面白《おもしろ》くなってきたよ」

と夫が口をはさんだ。皮肉じゃなく、いい夫婦《ふうふ》だ。

ほんの二、三分、家の近くを傘《かさ》をさしてふらつく趣味《しゅみ》のおかげで、私《わたし》は救われたらしい。

「僕《ぼく》みたいな行《い》き倒《だお》れ寸前《すんぜん》の迷子《まいご》は、いつも出るんですか？」

と訊《き》いてみた。老人は眉《まゆ》をよせて、

「迷子《まいご》——ではないわな」

と言った。

「こんな雨の日に迷子《まいご》になったら、もう絶対《ぜったい》に見つからん。雨に呑《の》まれてしまうんだね」

「はあ」

急に老人の顔がこわばった。顔面の筋肉《きんにく》が小さく震《ふる》えた。

泣き出す寸前《すんぜん》を必死にこらえている顔だ。

「うちの息子《むすこ》も……」

つぶやく肩《かた》に、老夫人がそっと手を触《ふ》れて、

「写真があるわ。お見せしましょう」

立ち上がって、隣室《りんしつ》へと通じる襖《ふすま》を開くのを、私《わたし》も老人も止めることはできなかった。

「息子《むすこ》さん……」

問いともいえないつぶやきに、老人は答えた。

「雨の日に友だちの家へ出かけて……それきりだ。木下という友だちだった……もう五十年も前のことだよ。それ以来、子供はつくらなかった」

老夫人が抱《かか》えるようにして運んできた一葉の写真をテーブルに置くまで、私《わたし》は息がつまるような雰囲気《ふんいき》に耐《た》えねばならなかった。

写真の主が誰《だれ》なのか、確信《かくしん》があった。

「息子《むすこ》です」

間違《まちが》いない。

雨の日に消えた子供が戻《もど》ってくるとすれば、同じような雨の日に決まっている。手札判《ばん》の中から無邪気《むじゃき》に微笑《ほほえ》む七、八歳《さい》の男の子に、私《わたし》は笑顔《えがお》を返さなかった。

ついさっき、街灯の下で会ったと告げなかったのはなぜだろう。

あのやくざが少年を追っていたのは間違《まちが》いない。

親と子は違《ちが》う。親は五十年前と同じ姿《すがた》をした子供を、我《わ》が子《こ》と認《みと》められるとしても、子供の方は五十歳《さい》も老いた両親を親とは理解《りかい》はしまい。

どちらも悲劇《ひげき》を望みはしないだろう。私《わたし》はふと、あのやくざに感謝《かんしゃ》の念を抱《いだ》いた。

「可愛《かわい》いお子さんですね」

と写真に向かって言った。他に言うべきこともなかった。

「これで――」

別れを告げると、夫婦《ふうふ》は大層《たいそう》残念そうな表情《ひょうじょう》になって、また迷子《まいご》になるよ、泊《とま》っていきなさい、と引き止めたが、私《わたし》は固辞を貫《つらぬ》いた。これ以上この家に留《とど》まったら、私《わたし》が悲劇《ひげき》の素《もと》になってしまう。

濡《ぬ》れた服はコンビニのビニール袋《ぶくろ》に入れてもらい、いま着ている分は明日お返しにあがりますと約束して、私《わたし》は雨の中へ戻《もど》った。

駅までの道順は老夫人からきいたし、地図も書いてもらった。

だが、五十メートルも行かずに迷《まよ》った町で、一キロを無事に踏破《とうは》できるか、自信はまるでなかった。できれば、雨に子供を奪《うば》われたことのない夫婦《ふうふ》と出会いたい――私《わたし》は道を急いだ。

最初の角を曲がると、あの街灯が見えた。

安堵《あんど》も喜びもできなかった。哀《かな》しげに滲《にじ》む光輪の下の端《はし》に。――あの少年だった。

黙《だま》って通りすぎるつもりだった。途中《とちゅう》まではうまくいった。

だが、私《わたし》は見てしまったのだ。――つい。

小さな身体《からだ》は水責《みずぜ》めの拷問《ごうもん》に遇《あ》っているみたいに、白いしぶきを上げていた。眼《め》と鼻の先にある自分の家も、そこで待つ両親のことも知らず、頼《たよ》りなげに、ぼんやりと雨に打たれている小さな男の子――それを見捨《みす》てて歩き去る自由も権利《けんり》も、私《わたし》には許《ゆる》されていなかった。

私《わたし》は街灯に歩《あゆ》み寄《よ》り、傘《かさ》をさしかけた。

「――君《くん》だろ？」

と老夫婦《ろうふうふ》からきいた名前で呼《よ》ぶと、少年は顔を上げた。さっきとは全く別の――希望にみちた表情《ひょうじょう》が、私《わたし》に恐怖《きょうふ》と悲劇《ひげき》を忘《わす》れさせた。

「お父さんとお母さんの家はすぐそこだ。――連れて行ってあげるよ」

「ほんと――に？」

少年の声は、老人のように嗄《しわが》れていた。

「おいで」

差し出した手を摑《つか》んだ少年の指は、ひどく冷たかった。一体、どれくらい雨に打たれていたのだろう。五十年前から、ずっと、だ。

角を曲がり、少年の家の門を確認《かくにん》して、私《わたし》は胸《むね》を撫《な》でおろした。

さっきは気がつかなかったが、門柱にはインターフォンがついていた。ボタンを押《お》すと、遠くでチャイムが鳴り、すぐに、

「はい」

と老夫人の声がした。

「さっき、お邪魔《じゃま》した——です。あの、信じられないでしょうが、写真の子を——息子《むすこ》さんをお連れしました」

沈黙《ちんもく》が伝わってきた。当然だ。

私《わたし》は心細げに立っている少年に、片手《かたて》でVサインを送ったが、反応《はんのう》はなかった。

彼《かれ》は五十年前の人間なのだ。Vサインなど見るのもはじめてだろう。

「あの……」

と老夫人が声をかけてきた。

「失礼ですが、本当にうちの息子《むすこ》でしょうか？」

「間違《まちが》いありません。写真のお子さんです。びしょ濡《ぬ》れで。――入れてあげて下さい」

「そうですか……」

あまりにも弱々しいつぶやきに、私《わたし》は少なからず驚《おどろ》いた。彼女《かのじょ》の頭では、事態《じたい》がよく理《り》解《かい》できないのだ。

だが、次の言葉にそれでは済《す》まなかった。

「……うちの子は、なくなりました。お引き取り下さい」

「そんな――お子さんは、ここにいます。何故《なぜ》だか知りませんが、昔のまま、七つのときの姿《すがた》で。だから、わかったんです。連れて来れました。間違《まちが》いありません。理解《りかい》はできないと思いますが、とにかく、会ってあげて――」

言い終わらないうちに、向うでスイッチを切る音が、私《わたし》たちに、雨の中で二人きりだと告げた。

もちろん、何度もチャイムを鳴らした。返事は無言だった。

「話してごらん」

私《わたし》は少年に最後の望みを托《たく》した。

細くて短かい指がチャイムを押《お》し、

「母さん——僕《ぼく》だよ。寒いよ、冷たいよ、中へ入れてよお」

泣き声だった。耳を覆《おお》いたいのをこらえて、私《わたし》は少年に彼《かれ》の運命をまかせた。

別のものが、その役を買って出た。

背後《はいご》に近づく足音は雨音が吸《す》いこんでしまったらしい。或《ある》いは意図的に殺して近づいてきたか、だ。

「おい」

私《わたし》たちはふり向き、あのやくざと真っ向から対峙《たいじ》した。

「やっと見つけたぞ。やっぱりこんな日に戻《もど》って来やがったな。ここはおめえの家じゃねえ。本当の住《すま》いへ帰《けえ》りやがれ」

少年の襟首《えりくび》を摑《つか》んだ手を引《ひ》き剝《は》がそうと努力したが、やくざはびくともしなかった。

「あんた——さっき会った人だよな。仕事の邪魔《じゃま》すんでねえ」

「やめろ」

「やめるのはあんただ。何《なん》も知らねえだな、こいつらが何なのか。――子供の格好《かっこう》はしてるが――子供っていうのも、実はよくわかんねえけどよ――子供じゃねえんだ」

「訳《わけ》のわからないことを言うな」

「ごめんしろよ」

顎《あご》に固いものがぶつかった。石のような感じがした。背中《せなか》が門柱に当たったのはわかった。それから気がつくまで、少し間があったようだ。私《わたし》は地べたにへたりこんでいた。

視界《しかい》が黒い。借りた傘《かさ》だった。押《お》しのけて立ち上がり、道の両側へ眼《め》をやった。いない。

雨ばかりだ。どしゃ降《ぶ》り。人を呑《の》む雨。――五十年も。

私《わたし》は頭をひとつふって走り出した。角を曲がり、街灯のある通りへ出て、もう一度左右を見廻《みまわ》した。

右方に二つの影《かげ》がかげろうのようにゆれていた。

夢中《むちゅう》で走《はし》り寄《よ》り、大きい方の肩《かた》を摑《つか》んでふり向かせた。

愕然《がくぜん》となった。

違《ちが》う。――あのやくざではなかった。雰囲気《ふんいき》も体格《たいかく》もそっくりだが、別人だ。

「何だい?」

凄味《すごみ》のある声で訊《き》かれ、手を離《はな》さざるを得なかった。

前に廻《まわ》って、子供を確《たし》かめた。こちらは似《に》ても似《に》つかない。――女の子だ。

「どけよ」

と男がつっけんどんに言って歩き出した。

「あんたたち、、――誰《だれ》なんだよ?」

私《わたし》は二つの後《うし》ろ姿《すがた》に声をふりしぼった。

「その子をどこへ連れて行くんだ? せっかく雨の中から戻《もど》ってきた子供たちを、また、雨の中へ連れて帰るのか。家へ――家へ帰してやれよ!」

声は届《とど》いたか、届《とど》かなかったのか。影《かげ》たちは足を止めることもなく雨音の彼方《かなた》に身を隠《かく》した。

私《わたし》はもと来た方へ歩き出した。

何を言えばいいのかもわからなかったが、あの老夫婦《ろうふうふ》にひとこと言ってやりたかった。

途中《とちゅう》、幾《いく》つかの人影《ひとかげ》とすれ違《ちが》った。

屈強《くっきょう》な男たちに手を引かれた中学生くらいの少年と、ずっと小さな、おさげ髪《がみ》の女の子だった。

往《ゆ》きて戻《もど》れず、帰りて戻《もど》れず。――それは「二つの世界」のどちらにも容《い》れられず、果てしなくさまよいつづける孤独《こどく》な生き物のように見えた。

老夫婦《ろうふうふ》の家まで来ても、チャイムを鳴らす必要はなかった。

傘《かさ》をさした夫婦《ふうふ》は門の前で私《わたし》を待《ま》ち構《かま》えていた。無論《むろん》、そんなはずはない。彼《かれ》らはただ見届《みとど》けに出ただけだ。自分たちが実の子に対して行った仕打ちの結末を。

憤《いきどお》る私《わたし》をいさめようともせず、二人は家の中へと導《みちび》いた。ひどく疲《つか》れたような姿《すがた》が私《わたし》を従《したが》わせた。

また服を借り、また同じ居間《いま》で、また同じ味のコーヒーを呑《の》み、私《わたし》は二人の口から事態《じたい》の説明を受けた。

「雨の日に姿《すがた》を消した子供たちが、時折り、戻《もど》ってくることがあるのです」

と夫は言葉をあらためて言った。

「こんなことがいつはじまったのか、私《わたし》は知りません。父も祖父《そふ》も、彼《かれ》らの父や祖父《そふ》にきいたことがあるというくらいでしたから、この町ができた頃《ころ》から、いや、ひょっとしたら、人間がこの土地に住むようになった当初から、間断《かんだん》なくつづいているのかも知れません。昔誰《だれ》ぞやの家でそんな古記録を見た覚えもあります。行方《ゆくえ》知れずになった――以前は神隠《かみかく》しと言っていたものですが――子供たちが、何十年かの時間《とき》を経《へ》て再《ふたた》び戻《もど》ってくる。そのこと自体は、むしろ喜ぶべきでしょう」

「なのに――どうして？」

と私《わたし》は突《つ》っこんだ。

「それも、ご自分の手ではなく、あんなやくざ者を雇《やと》って――ひどいことだと思いませんか？」

「おっしゃる通りです。ですが、そうは思わない者もいるでしょう。古来《こらい》から連綿《れんめん》とつづく、或《ある》いはつづいた出来事には、必ずといっていいくらい、それに関する古《いにし》えの見解《けんかい》が伝えられているものです」

「――つまり、何十年もたって親のもとへ帰って来た子供は、たとえ門の前で泣いていても、追い帰せ、とですか？」

皮肉の毒をたっぷりと混《ま》ぜたつもりだった。夫はためいきをつき、夫人がその肩《かた》に手を乗せて、言葉を引き取った。

「私《わたし》たちがここで、入れて頂戴《ちょうだい》と哀願《あいがん》するあの子の声を、笑いながら聞いていたとお思い？」

静かな老夫人の口調と眼差《まなざ》しが、私《わたし》を沈黙《ちんもく》させた。

「あの子は、じゃあね、と言って雨の中へ出て行ったきり戻《もど》りませんでした。その声が、五十年たって帰ってきたのです。ひとことでわかりました。出て行って抱《だ》きしめてやりたかった。ここが――ちゃんの家だよ、お爺《じい》ちゃんとお婆《ばあ》ちゃんに見えるけど、本当はお父さんとお母さんなんだよ――こう言って、濡《ぬ》れた服を取《と》り替《か》えてやりたかった。私《わたし》はそうしてもよかった。何が起こったとしても――」

「止めたのは、私《わたし》です」

と夫が低く言った。

「あの子を入れてやるんだと泣《な》き叫《さけ》ぶ家内《これ》を抱《だ》きしめて、実の伜《せがれ》をやくざ者にまかせたのは、この私《わたし》なのです。ああ、彼《かれ》がすぐに来てくれてよかった。あの子の声をひと晩《ばん》きいていたら、私《わたし》たちは気が狂《くる》っていたかも知れません。いえ、あなたから見れば、さぞや血も涙《なみだ》もない人間に映《うつ》る自分たちの所業を言いくるめようというんじゃありません。ただ、私《わたし》たちには責任《せきにん》があるのを憶《おも》い出したのです」

「責任《せきにん》――誰《だれ》に？」

「いま申し上げた古《いにし》えの見解《けんかい》とは、神隠《かみかく》しにあって戻《もど》ってきた子供は、決して家へ上げてはならぬというものでした。親として不憫《ふびん》ならば、血も涙《なみだ》もない他人を選んで強行しろ、と。それはもうお判《わか》りでしょう」

なぜ、そこまでして、と私《わたし》は訊《き》いた。

「子供たちが何かしたのですか？」

老夫人はかぶりをふった。

「何も。子供たちは、黙《だま》って座《すわ》っているきりでした。大分前《だいぶ》になりますが、娘《むすめ》が二人戻《もど》ってきたお宅《たく》へお邪魔《じゃま》したことがあるのです」

「それなら、何も――」

夫人は眼《め》を閉《と》じた。身体《からだ》が小刻《こきざ》みにふるえている。

「何かあったんですね？」

「それは怖《おそ》ろしいことが」

答えたのは夫だった。

「それは――」

「口にはできないほどのことが」

夫は窓《まど》の方へ眼《め》をやった。夫人がその肩《かた》にもたれかかる。ともに耐《た》えようとしているかのように。現実《げんじつ》に――悪夢《あくむ》に。

「足音がきこえないかい、おまえ？　今夜は特に戻《もど》ってくる子供が多いようだ。幸い、親はみな、責任《せきにん》を全《まっと》うしているけれど」

「その責任《せきにん》って何です？　誰《だれ》に対しての？」

「私《わたし》たち以外の人、全部に」

雨の音が頭の中で鳴《な》り響《ひび》いていた。うす暗い部屋の片隅《かたすみ》に腰《こし》を下ろしているあどけない子供たちの姿《すがた》を、私《わたし》は鮮明《せんめい》に思《おも》い描《えが》くことができた。その足下《あしもと》に両親が転がっている。ばらばらの死体になって。――こんな子供たちが成長したら、世の中に出て行ったら。自分の血が混《まじ》った子供をつくったら。その子らが、また、ある雨の夜、何処《いずこ》ともなく姿《すがた》を消し、長い長い月日を経《へ》て戻《もど》ってきたら。そして、かつての子供たちとその一族は、世界中に広がっていく。

いや、老人は口ではいえないほどの怖《おそ》ろしい出来事だと言った。それを阻止《そし》することが、彼《かれ》以外のすべての人間――全人類に対する責任《せきにん》だと。

彼《かれ》らは小さな侵略者《しんりゃくしゃ》と、この雨の町で戦いつづけているのだろうか。

「帰ってきた子供たちは――この世界を乗っ取ろうと?」

「それはわかりません」

老人は私《わたし》の意見を否定《ひてい》もせずにかぶりをふった。

「ですが、意図的なものを感じたことはあります。たったひとつだけ」

「それは?」

私《わたし》は全身が石になったような気がした。

老人は淡々《たんたん》と答えた。

「両親とは何でしょう。彼《かれ》らにとって、それは何十年たとうと、自分たちのことを忘《わす》れず、追い返しもせず、やさしく成長を見守ってくれる得がたい保護者《ほごしゃ》です。だからこそ、子供たちは帰ってくるのです。ただひとつの例外もなく。両親が健在《けんざい》なうちに」

私《わたし》の頭の奥《おく》で、雨の音ばかりが強くなった。

翌日《よくじつ》、眼醒《めざ》めると老夫婦《ろうふうふ》の姿《すがた》はなかった。

朝食の用意があり、鍵《かぎ》はかけずに帰ってくれというメモが残っていた。友人の家を訪問《ほうもん》する約束だった、とある。アイロンをかけた私《わたし》の衣類が、きちんと折りたたまれていた。

家の内部《なか》には光がみちている。

空は――快晴《かいせい》だ。

朝食を平らげているうちに、何もかも夢《ゆめ》のような気がした。蒼空《あおぞら》がいい証拠《しょうこ》だ。年に一週間も晴れの日がない町なんて、あるわけがなかった。

香《かお》りのいい煎茶《せんちゃ》で締《し》めくくり、私《わたし》は別れを告げた。玄関先《げんかんさき》には旅館の傘《かさ》が開いて干《ほ》してあった。

道はすでに乾《かわ》きはじめていた。

老人は一キロといったが、記憶《きおく》を辿《たど》ると、十分もかからず旅館の前の通りに出た。夢《ゆめ》か。

旅館の支払《しはら》いを済《す》ませてから列車がくるまでに、三十分ほど余裕《よゆう》があった。

食堂へ向かった理由《わけ》はわからない。

ガラス戸の向うで、見覚えのある巨体《きょたい》が新聞を広げていた。テーブルにはビール瓶《びん》が並《なら》んでいる。厨房《ちゅうぼう》の前にいる婆《ばあ》さんも同じだった。

ためいきをついて、私《わたし》は駅へと向かった。

通りの向うから、少年が歩いてきた。私《わたし》の方を見ようともせず、かたわらを通りすぎた。

やりすごしてから、私《わたし》は同じ方向へ歩き出した。唯一《ゆいいつ》の救いは晴《は》れ渡《わた》る蒼空《あおぞら》であった。

少年が足を止めたのは、あの家の前だった。今度はチャイムも押《お》さず、門も叩《たた》かなかった。

門をくぐってすぐ、閉《と》じられた門扉《もんぴ》の向うで玄関《げんかん》のガラス戸が開いた。

ただいま、という明るい声に、女の――嗄《しわが》れ声《ごえ》がやさしく応《おう》じた。お帰り。

お帰り。

お帰り。

私《わたし》はゆっくりと向きを変え、駅への道を歩きだした。

平日の昼前に、彼《かれ》はどこから帰ってきたのだろう。

だが、こんな疑念《ぎねん》も、網膜《もうまく》に残るあの顔に比《くら》べれば、どうでもいいことだった。

門をくぐるとき、見覚えのある七歳《さい》の顔が私《わたし》の方を向き、確《たし》かににやり、と笑ったのだ。

うまくやった、という風に。

世界はいつの間にか、私《わたし》の胸中《きょうちゅう》と同じ色に染《そ》まっていた。

空は晴《は》れ渡《わた》っている。

神《じん》家《け》没《ぼつ》落《らく》

恒《つね》川《かわ》光《こう》太《た》郎《ろう》

恒川光太郎

1

春の夜だった。

空には朧《おぼろ》な満月が浮《う》かんでいた。

友人の家で酒を飲んだ帰り道で、ぼくはのんびりと夜の町を歩いていた。

桜《さくら》はあらかた散り、微《かす》かに花の香《かお》りを含《ふく》んだそよ風がやさしく吹《ふ》いていた。

ほろ酔《よ》い気分の自由な心持ちで静かな住宅街《じゅうたくがい》に入る。あと数百メートルで自宅《じたく》というところで、少し遠回りして近所の公園に足を向けることにした。

とりたてて目的があったわけではない。

なんとなく帰宅《きたく》するのが惜《お》しくなったのだ。家にはぼくを待っているものはいない。

女子大の脇《わき》を通る秘密《ひみつ》の抜《ぬ》け道《みち》ともいえる細い路地に入った。車が通れる幅《はば》はなく、付近の住民だけが使うような道だ。ここを通《とお》り抜《ぬ》ければ池のある公園に出る。公園のベンチに座《すわ》ってヘッドホンで音楽を聴《き》きながら、夜の水鳥など眺《なが》めて帰ろう、そんなふうに考えていた。

細い小路《こみち》はレンガの塀《へい》で囲まれた洒落《しゃれ》た洋館の脇《わき》を曲がったところで、街灯の光が届《とど》かなくなり周囲が妙《みょう》に暗くなった。足元の道は桜《さくら》の花びらの交じった落ち葉で覆《おお》われている。見上げれば新緑の桜《さくら》や槻《けやき》、杉《すぎ》の木で天蓋《てんがい》ができていた。

この道こんなふうだったっけ？　とぼんやりと思ったものの、公園に向かっているのだから、あたりが暗く緑濃《こ》くなることは不自然でもなかった。

2

少し進むと開けた場所に抜《ぬ》け出《で》た。

月光が一軒《けん》の民家を照らしている。藁葺《わらぶ》き屋根で、縁側《えんがわ》があった。この近辺では妙《みょう》に場《ば》違《ちが》いな建物だ。

家を取り囲む円形の敷地《しきち》が垣根《かきね》で囲われていた。垣根《かきね》の外側には、夜の黒い樹木《じゅもく》が壁《かべ》を作っている。

おかしいな、と思う。あまり考えずに歩いていたから道を間違《まちが》えたのかもしれない。公園に向かうはずが他所《よそ》の家に入ってしまったようだ。

時が止まっているかのように、あたりは奇妙《きみょう》に静まっていた。

庭にはマンゴーのような形の果実がたわわに実った樹木《じゅもく》が何本か生えている。椿《つばき》に似《に》た白い花を咲《さ》かせた樹木《じゅもく》もあった。枝《えだ》の下には古風《こふう》な石灯籠《いしどうろう》がある。

ぼくは家に目を戻《もど》した。

雰囲気《ふんいき》からして廃屋《はいおく》ではなさそうだった。庭には雑草《ざっそう》がほとんどないし、落ち葉も掃除《そうじ》されている。

文化財《ぶんかざい》みたいな民家だが、奥《おく》まったところで樹木《じゅもく》に囲まれているから、こんな家が自分の近所にあることに今まで気がつかなかったのだ。

引き返そうと思ったところで、家の中に気配があった。中から男の声が聞こえる。

「もし、お客さんですかね」

ぼくは少し慌《あわ》てながら答えた。

「ああ、すみません、ちょっと公園への近道を間違《まちが》えて、こちらにでてしまって」

障子《しょうじ》がさっと開いた。

縁側《えんがわ》に出てきた人物を見て、ぼくは顔をしかめた。仮面《かめん》を被《かぶ》っていたからだ。「翁《おきな》」の面だった。額《ひたい》に三本の皺《しわ》が刻《きざ》まれ、困《こま》っているようにも笑っているようにも見える表情《ひょうじょう》の面である。

「どうぞこちらへ。お待ちしておりました」

翁《おきな》の面の男は枯《か》れた細い声だが、はっきりといった。

「いや」

人違《ひとちが》いです、といいかけたが、最後までいえなかった。金縛《かなしば》りにあったかのように声がでない。場の雰囲気《ふんいき》に圧倒《あっとう》されてしまっていた。

翁《おきな》の面の男が手招《てまね》きをする。細い四肢《しし》や曲がった背中《せなか》が老齢《ろうれい》であることをうかがわせる。

「こちらにどうぞ。お話ししたいことがあるのですよ」

ぼくは躊躇《ためら》いがちに家に近付くと、翁《おきな》の面の男に促《うなが》されるままに縁側《えんがわ》に座《すわ》った。

翁《おきな》の面の男は黙《だま》ってぼくを観察している。

面の下からため息混《ま》じりの声が漏《も》れた。

「いい顔だ」

ぼくはいそいでいった。

「こんなところに、こんな……その、藁葺《わらぶ》き屋根の家があるとは、意外でした。この近所に住んでいるのですが気がつかなかった。すみませんね、では」

腰《こし》を上げかけると、翁《おきな》の面の男は手で制《せい》した。不思議な迫力《はくりょく》があり、ぼくは座《すわ》りなおす。

面には目の部分に二つ穴《あな》が開いているが、眼球《がんきゅう》は見えず闇《やみ》になっている。

翁《おきな》の面の男は話しはじめた。

「私《わたし》はねえ、あなたが来るのを待っていたんですよ」

曖昧《あいまい》に微笑《ほほえ》んで見せる。ここに一人で面をつけて住んでいるのだろうか。謎《なぞ》だ。

翁《おきな》の面の男は細い手でぼくの手首を摑《つか》んだ。冷たい手だった。

意を決して立ち上がろうとしたが、足に力が入らなかった。男は面をつけた顔を近付けて、囁《ささや》くように繰《く》り返《かえ》す。

「私《わたし》はずっとずっと長い間、ここにいたのですよ。待っていたのです」

ぼくは身を硬《かた》くして、はあ、と呟《つぶや》いた。細い指はぼくの手首をしっかりと握《にぎ》り締《し》めている。

「私《わたし》はもう寿命《じゅみょう》なのです。ですが、寿命《じゅみょう》を超《こ》えてここにいたのです」

お願いだから立ち去らないでほしい、そんな嘆願《たんがん》が、言葉に滲《にじ》んでいた。

「どうか、少し聞いてください」

うまく言葉を返せなかった。よしわかった、少しばかり孤独《こどく》な老人の話を聞いてやろう、という同情《どうじょう》と、得体の知れぬものに関わるな、という警戒《けいかい》が胸《むね》の内で闘《たたか》っていた。

僅《わず》かな逡巡《しゅんじゅん》の後、心を決めた。

「いいですよ、話してください」

「私《わたし》は五つの時から、二十年修行《しゅぎょう》をし、二十五のときにここに入りました。それが私《わたし》の使命であり、運命でした」

ここ、というのはこの家を指すのだろうか。翁《おきな》の面の男の記憶《きおく》は少し錯綜《さくそう》していて、どこか別の場所と思《おも》い違《ちが》いをしているのかもしれない。確《たし》かに幽玄《ゆうげん》な佇《たたず》まいの古い家だが、ここは住宅街《じゅうたくがい》の中の一民家で、住むのに修行《しゅぎょう》が必要とも思えない。そのように思ったのだが、口を挟《はさ》まずに黙《だま》って頷《うなず》いた。

翁《おきな》の面の男は必死の調子で続けた。

「ここは特殊《とくしゅ》な家なのです。数百年も前から秘密裏《ひみつり》に、私《わたし》の村で代々守ってきた神域《しんいき》と心得てください。私《わたし》が六十になったら、村の子供たちから次期継承者《けいしょうしゃ》が選ばれて役目を継《つ》ぐ。そして私《わたし》は解放《かいほう》される、そのはずでした。それが私《わたし》の代まで続いてきた古《いにしえ》からの習わしだったのです。私《わたし》の村では、家を守る勤《つと》めを終えた老人が生き神様のように崇《あが》められていましたし、家守《やもり》に選ばれることはある意味、とても名誉《めいよ》なことでした。

しかし、時代のせいか、あるいは何かの事故《じこ》があったのか、約束の時が訪《おとず》れても、私《わたし》の次の若者《わかもの》は現《あらわ》れなかった。結果として私《わたし》はとうに交代の時期を迎《むか》えてもここを離《はな》れることができずに、今に至《いた》るまでこの家を守り続けていたのです」

大変でしたね、とぼくは相槌《あいづち》を打った。

老人は依然《いぜん》としてぼくの手首を握《にぎ》り締《し》めている。

「それが私《わたし》の役目なのですから仕方がありません。だが、今にして、私《わたし》はもっと早くここを出て行けばよかったとも思うのです。世界の影《かげ》に佇《たたず》む家などに縛《しば》られずに」

「なるほど」

「出て行くことはそれほど難《むずか》しくはない。ここに来た誰《だれ》かに家を受《う》け渡《わた》せば、それでいい。正しい後継者《こうけいしゃ》が来ないのなら、誰《だれ》でもいいから家を渡《わた》してしまえばよかった……この運命の身代わりをたてれば済《す》む話なのです。

だが、私《わたし》は自由が恐《おそ》ろしかった。代々受《う》け継《つ》がれてきた家を失い、何一つ持たぬまま外に出て、一個人《いちこじん》として生きることは恐《おそ》ろしかった。

もう今では、私《わたし》の知り合いも、家のことを知るものも、ほとんど生きてはいないでしょう。私《わたし》は時機を失ったのです」

「大変ですねえ」

ぼくはそういったあと、翁《おきな》の面と、手首を握《にぎ》っている手を交互《こうご》に見た。そろそろ離《はな》してくれよ、というゼスチャーだったが、面の男は構《かま》わずに続けた。

「ここにいれば、死ぬこともかないません。だが、少し前に夢《ゆめ》を見ました。あなたがここに来る夢《ゆめ》です。それ以来、私《わたし》はずっと待っていました」

ぼくは、はあ、と気のない返事をした。

「ようやく私《わたし》の魂《たましい》は解放《かいほう》されます。恐《おそ》れることはありません。あなたなら若《わか》いし、きっと僅《わず》かな間でここから出て行くことができるでしょう」

手首を握《にぎ》っている指がほどける。ぼくの身体に力が戻《もど》ってきた。

面の奥《おく》から掠《かす》れた声が聞こえた。

「本当に、ありがとうございました」

「はいはい。ではもう遅《おそ》いですし、ぼくはそろそろ失礼して」

言いかけてぼくは口を噤《つぐ》んだ。

縁側《えんがわ》に座《すわ》る面の男の身体から、深く凝縮《ぎょうしゅく》した闇《やみ》が染《し》み出《だ》している。錯覚《さっかく》かもしれない。

だが目を凝《こ》らせば凝《こ》らすほど、インクが水に滲《にじ》むように、眼前《がんぜん》の男の身体は大気に薄《うす》く拡《かく》散《さん》していく。

面だけが中空に浮《う》いている。

どのぐらい浮《う》いていただろうか。

面は、カラン、と音を響《ひび》かせ、縁側《えんがわ》に落ちた。

面が落ちたあとも、しばし気配だけが残留《ざんりゅう》していたが、やがてそれも薄《うす》まっていき最後には何も無い空間だけが残った。

ぼくはしばらく呆然《ぼうぜん》としていた。

「もしもし」小さな声で呼《よ》びかけてみる。「おじいちゃん」

返事はどこからも返ってこない。

消えてしまった。頭の中で繰《く》り返《かえ》す。消えてしまった、消えてしまった。

「おじいちゃん」

混乱《こんらん》しながらも、とりあえず思考の全てを保留《ほりゅう》にして、なんとか立ち上がると出口に向かった。

垣根《かきね》の向こう側には樹木《じゅもく》のトンネルが見える。

垣根《かきね》から一歩を踏《ふ》み出《だ》した。

火花が散ったわけでも、息ができなくなったわけでもない。身体の向きを返すと縁側《えんがわ》に戻《もど》り、少し休んでから、再《ふたた》び出口に向かった。

一歩踏《ふ》み出《だ》す。

身体の奥底《おくそこ》から震《ふる》えが生じた。

出られない。

不可視《ふかし》の圧力《あつりょく》が確《たし》かに在《あ》る。全身の細胞《さいぼう》が、「さがれさがれ」と危機《きき》を訴《うった》えている。

そんなのは錯覚《さっかく》だ。無防備《むぼうび》な状態《じょうたい》で変な話を聞いたせいで、暗示《あんじ》にかかっているのだ。

いつまでもこんなところにいるわけにはいかない。

精神《せいしん》を集中し、勇気を振《ふ》り絞《しぼ》って、そろそろと足をおろした。

悪夢《あくむ》のような瞬間《しゅんかん》だった。踏《ふ》み降《お》ろした足先から、電流のようなものが瞬時《しゅんじ》に脳天《のうてん》まで走りぬけ、気がつけば地面に尻餅《しりもち》をついて倒《たお》れていた。


夜が明けるまでの間、ぼくは縁側《えんがわ》と垣根《かきね》の入り口を、うろうろと往復《おうふく》し続けた。

年甲斐《としがい》も無く、不条理《ふじょうり》な物事に対する怒《いか》りで涙《なみだ》が出てきた。

酔《よ》いは完全に醒《さ》めていた。

どこかで鳩《はと》が鳴きはじめ、春の夜が明けた。

3

周囲が明るくなると、恐怖《きょうふ》は少しだけ和《やわ》らいだ。気分も落ち着いてくる。再度《さいど》、脱出《だっしゅつ》を試《ため》してみるが、やはり出られない。

思い切って縁側《えんがわ》から家に上がった。

一応《いちおう》、ごめんください、上がりますよと声をかけてから靴《くつ》を脱《ぬ》ぐ。

床《ゆか》は板敷《いたじ》きで部屋は三部屋。奥の間《ま》には布団《ふとん》が畳《たた》まれている。

無人だった。

板の間に囲炉裏《いろり》があり、使い古した鉄鍋《てつなべ》や、笊《ざる》や箒《ほうき》などの生活用具を発見した。

古ぼけたランプが天井《てんじょう》の梁《はり》からぶら下がっている。と、いうことは、ここに電気は通ってきていないのだ。改めて見回すと、冷蔵庫《れいぞうこ》などの電化製品《せいひん》は一つもないし、コンセントもない。

ガスコンロも、水道の蛇口《じゃぐち》もなかった。外に井戸《いど》があったから、翁《おきな》の面の男はその水を飲んでいたのだろう。あの存在《そんざい》が人間だったならば、だが。

家中を綿密《めんみつ》に調べることにした。無駄《むだ》な家財《かざい》道具の少ない家だったが、あちこち引っくり返して、マッチやライター、お茶缶《かん》や、缶詰《かんづめ》と、八合ほど残っている米の袋《ふくろ》などを発見した。これだけでは長くはもたないが、少しだけ安心する。

箪笥《たんす》の中には古ぼけた着物が収納《しゅうのう》され、箪笥《たんす》の上には本が積まれていた。現代《げんだい》作家のものが五冊《さつ》、自殺した昭和の大家のものが一冊《さつ》。宗教書《しゅうきょうしょ》のようなものが三冊《さつ》。料理の本が二冊《さつ》、歴史の本が四冊《さつ》。いずれも古くページは黄ばんでいた。あまりぼくの興味《きょうみ》をそそる本はない。筆で書いた手書きの書物のようなものもあるが、ぼくに読める筆跡《ひっせき》ではなかった。

一番奥《おく》の部屋には、筆書きの日本地図に、無数の幾何学模様《きかがくもよう》と、細かい数字の書かれた掛《か》け軸《じく》がかかっている。

掛《か》け軸《じく》の隣《となり》には、木彫《きぼ》りの菩薩像《ぼさつぞう》が置かれていた。

家の中をあらかた見終わると、屋外に出て家の周囲をぐるりとまわってみた。

裏手《うらて》には薪《まき》が積み上げられ、その周辺には木彫《きぼ》りの像《ぞう》が山となって打《う》ち捨《す》てられていた。室内に飾《かざ》られていたのと、同じような菩薩《ぼさつ》もあれば、熊《くま》や鹿《しか》など全く違《ちが》う意匠《いしょう》のものもある。

敷地《しきち》を囲う垣根《かきね》の向こうは鬱蒼《うっそう》とした林だった。枝《えだ》の隙間《すきま》から公園の遊具が見えるが、垣根《かきね》を乗《の》り越《こ》えても、入り口と同じ力が働いていて、一歩より先は進めなかった。家は何らかの力に囲まれ、自分は閉《と》じ込《こ》められている。その事実を再度認識《さいどにんしき》すると冷たい汗《あせ》が全身に滲《にじ》んだ。今日は平日で会社に行かねばならないのに。

細長い小屋があった。扉《とびら》を開いて、便所だと確認《かくにん》する。汲《く》み取《と》り式だ。その隣《となり》には小さな蔵《くら》があった。扉《とびら》には鍵《かぎ》がかかっていない。中には何も入っていなかった。

空の鳥小屋があり、盆栽《ぼんさい》を置くような棚《たな》もあった。

井戸《いど》の蓋《ふた》をとる。手を伸《の》ばせば届《とど》く位置に冷たい水が張《は》っていた。脇《わき》にたてかけてある柄杓《ひしゃく》ですくい、おそるおそる水を飲んでみた。美味《うま》い。

夢中《むちゅう》になって飲む。喉《のど》が渇《かわ》いていたから、というだけでなく、何か脳内《のうない》に光をもたらすような神秘的《しんぴてき》な奥深《おくぶか》さのある味わいだった。

もう一杯《いっぱい》すくい、手につけて顔を洗《あら》う。

大声で助けを呼《よ》んでみるが、誰《だれ》も来ない。

試行錯誤《しこうさくご》しているうちに日は落ち、樹木《じゅもく》は暗い影《かげ》になった。

その日の夜は果てしなく長かった。何しろ、テレビがあるわけでもなく、他のことをするにも明かりがないのだ(ランプはしばらくつけていたが、油が切れて消えた)。

缶詰《かんづめ》を一つ開けたが足りるはずもなく、かといって貴重《きちょう》な食料を一息に消費するのにも躊躇《ためら》いがあり、ひもじさに苦しめられた。

風が凪《な》げば胸苦《むなぐる》しいほど静かになった。時折、何かが部屋や庭をよこぎるような気配を感じ、その度《たび》に身を縮《ちぢ》める。

裏手《うらて》の物置で見つけた鎌《かま》を片手《かたて》に、縁側《えんがわ》に出たり板の間に戻《もど》って座《すわ》ってみたりを繰《く》り返《かえ》し、時を過《す》ごした。

明け方、空が白んできてから、ようやく安心して眠《ねむ》りについた。

目を覚ましたのは正午少し過《す》ぎで、平和な光が板の間に射《さ》し込《こ》んでいた。縁側《えんがわ》に出て伸《の》びをすると、身体のあちこちの骨《ほね》が鳴った。二日目になってしまった。勇気を奮《ふる》い起《お》こし、しつこく脱出《だっしゅつ》を試みるが、結果は昨日と同じだった。

事が起こったのは、米と缶詰《かんづめ》のブランチをとった後だ。米は鍋《なべ》で炊《た》いたが、水が多すぎたのかべとべとになってしまった。

縁側《えんがわ》でぼんやりと先行きについて考えていると、風が止まった。

ふいにあたりが暗くなった。

最初は厚《あつ》い雲が太陽を隠《かく》したのだと思った。

だが見上げる空は晴れている。

日蝕《にっしょく》でもないのに世界が闇《やみ》に侵蝕《しんしょく》されていく。太陽の光が薄《うす》まり、風景が色を失い黒ずんでいく。

やがて視界《しかい》全てが暗黒になってしまった。一切《いっさい》の光はなく夜よりも暗い。縁側《えんがわ》に座《すわ》ったままどうすることもできなかった。あまりにも唐突《とうとつ》で強制的《きょうせいてき》なフェイドアウトだった。家も庭も自分の指先も、全く見えない。音もしない。

ただでさえ弱っているところなのに、もうこれ以上勘弁《かんべん》しろよと思った。

全てが消滅《しょうめつ》したかのような虚《うつ》ろな暗黒だった。

座《すわ》っているはずだが、座《すわ》っているという感覚はない。縁側《えんがわ》を確《たし》かめようと手探《てさぐ》りをするが、手は何にも触《ふ》れない。自分の身体にも触《ふ》れない。そもそも腕《うで》を動かしている肉体感覚がなかった。自分が目を開いて暗黒を見ているのか、視力《しりょく》を失ってしまったのか、それもわからなかった。脳《のう》みそだけ真っ暗な海に沈《しず》められてしまったら、きっとこんな気持ちだろう。我《われ》ここに在《あ》りと認《みと》められるものが、思考しか残っていない状態《じょうたい》。

どのぐらいの時を経《へ》ただろう。

しばらくすると、端《はし》のほうから光が訪《おとず》れた。いったん消えた世界が、凄《すさ》まじい勢《いきお》いで再《さい》構築《こうちく》されていく。あちこちに光の帯が射《さ》し、暗黒が、明るい色彩《しきさい》の粒子《りゅうし》に塗《ぬ》られていく。

最初にしたのは、自分が存在《そんざい》していることの確認《かくにん》だった。

ゆっくりと息を吸《す》い込《こ》み、吐《は》き出《だ》す。己《おのれ》の身体を撫《な》で回《まわ》す。

ぼくは変わらず縁側《えんがわ》に座《すわ》っていた。

だが、家を取り囲む景色の方は一変していた。

まず敷地《しきち》を囲む樹木《じゅもく》は白樺《しらかば》に変わり、枝《えだ》の隙間《すきま》からは広々とした丘《おか》と、河岸《かわぎし》に柳《やなぎ》の並木《なみき》のある小川が見える。

見知らぬ土地だ。

敷地《しきち》に吹《ふ》き込《こ》む風は、どこか遠くに牧場でもあるのか、微《かす》かに家畜臭《かちくしゅう》が混《ま》じったものになった。気温も下がっている。

さっそく脱出《だっしゅつ》を試みたが、景色が変わっても結果は同じだった。

これが初めて体験した家の移動《いどう》だった。

家が丘《おか》を見渡《みわた》す白樺《しらかば》の林の中に位置したのは二日間だけで、二日後の朝にはまた周囲が暗くなり、潮騒《しおさい》の聞こえる藪《やぶ》の中の土地にと移動《いどう》した。

その後も昼夜問わず、数日おきに暗闇《くらやみ》の時は訪《おとず》れた。一定期間ごとに闇《やみ》が訪《おとず》れ、それが晴れると風景が変わる。砂漠《さばく》をさまよう湖のように、この家は一つの場所に留《とど》まらない。漂流《ひょうりゅう》しているようにも感じるが、家の移動《いどう》には規則性《きそくせい》がある可能性《かのうせい》が高い。六月十日は埼玉県《さいたま》のここ、六月十五日は青森県《あおもり》のここ、というように、この家には日付ごとに定められた出現位置《しゅつげん》があるのだ。

翁《おきな》の面の男はいったではないか。家守《やもり》は、六十になると次の人間と交代する決まりだったと。

一定周期で家が同じ場所に戻《もど》ってくるからこそ、家守《やもり》の交代は可能《かのう》なはずだ。そう思ったとき、壁《かべ》にかかった日本地図の掛《か》け軸《じく》が、全国の家の出現《しゅつげん》予定地を記したものだとわかった。

日本中に無数の点があり、そこに線が引かれている。線は家が辿《たど》る道筋《みちすじ》。数字はそこに出現《しゅつげん》する日付なのだ。

4

家から出られぬなら生活するしかなかった。

まず庭木の果実をもいで、食べられるものか試《ため》してみた。マンゴーに少し似《に》た形の、薄《うす》いピンク色をした果実だ。

翁《おきな》の面の男がここで暮《く》らしていた頃《ころ》に、これを主食にしていた可能性《かのうせい》は高い。米や缶詰《かんづめ》が定期的に買えるはずはないのだ。

皮を剝《む》いてかじってみると、ジャガイモとカボチャの中間の味わいがする。悪くない味だ。マンゴー芋《いも》と名付ける。種が入っていないのが不思議だった。

汲《く》み取《と》り式のトイレで用を足したときに、音が返ってこないことが気になった。小石をいくつか放《ほう》り込《こ》んでみるが、やはり何の音もしない。耳を澄《す》ますと遥《はる》か下のほうで、風の吹《ふ》く音と、妙《みょう》なざわめきが微《かす》かに聞こえた。大勢《おおぜい》が喋《しゃべ》っているようにも聞こえる。不気味な便所だ。地獄《じごく》にでも通じているのだろう。

どのようにしたら外に出られるのかは、あの夜の翁《おきな》の面の男の言葉が全て真実なのだとすれば、もうわかっていた。

身代わりをたてるのだ。

家守《やもり》は家から離《はな》れられない。だが、家守《やもり》の役割《やくわり》を交代する人が訪《おとず》れれば解放《かいほう》される。

おそらく、敷地内《しきちない》に二人いるのなら、一人は出て行くことができるのだろう。

では、脱出《だっしゅつ》するにはどうするか。

誰《だれ》かがここに来るのを蜘蛛《くも》のように辛抱強《しんぼうづよ》く待つのだ。

誰《だれ》かが迷《まよ》い込《こ》んできたら、とりあえず会話を要求し、敷地《しきち》に誘《さそ》い込《こ》み、縁側《えんがわ》に引《ひ》き留《と》めて自分だけ外に出る。

たぶん、それでうまくいくはずだ。

ぼくとしてはその考えに希望をもつしかなかった。

一週間もすると、きつめだったジーンズのウエストが緩《ゆる》くなり、ベルトなしではずり落ちるようになった。血の巡《めぐ》りがだいぶよくなり、漠然《ばくぜん》と身体の節々に感じていた痛《いた》みやだるさが消失した。嗅覚《きゅうかく》が鋭《するど》くなり、風に混《ま》じる微《かす》かな匂《にお》いがわかるようになる。

太陽が昇《のぼ》り、やがて沈《しず》む。雲が形を変えながら空を流れていき、時折雨を降《ふ》らす。

ぼくは庭を掃除《そうじ》し、板の間や大黒柱を雑巾《ぞうきん》で磨《みが》く。井戸水《いどみず》を飲み、仙人《せんにん》の果実を食べる。

ぼくはこの家の在《あ》りし日《ひ》を想像《そうぞう》する。

どこかの山奥《やまおく》の村に、村人だけが知る特別に祀《まつ》られた場所があり、一年に一度のある特別な日付に、この家が出現《しゅつげん》する。その日は、村をあげての祭りが行われていたにちがいない。

家が出現《しゅつげん》すると、前回そこに入ったものがしばらくぶりの帰還《きかん》を果たし、家族や仲間たちと杯《さかずき》を交《か》わす。

そして、次の周回へと旅立つ。

任期《にんき》が終われば、別の若《わか》い村人に家守《やもり》の役割《やくわり》は受《う》け継《つ》がれる。神域《しんいき》から村に戻《もど》ってきたものには、尊敬《そんけい》と、余生《よせい》を楽に暮《く》らす権利《けんり》が与《あた》えられる。そうしたことが大昔から続いている。

情報《じょうほう》の少ない時代には、この家で全国を旅してきたものが村に伝える他所の国の見聞は、貴重《きちょう》なものだったろう。

家守《やもり》となったものは各地では訪問《ほうもん》神として崇《あが》められ、様々な供物《くもつ》をもらっていたのかもしれない。裏《うら》の蔵《くら》はその名残《なごり》ではないか。一周して戻《もど》ってくれば、蔵《くら》のものは村人に分配される。村は富《と》む。時には遠い土地からこの家に乗って運ばれ、村で歓待《かんたい》され、しばらく過《す》ごした後に、また家に乗って故郷《こきょう》に戻《もど》った旅人もいるかもしれない。その逆《ぎゃく》もありえる。

出現《しゅつげん》位置と日付が決まっているのだから、鉄道と同じだ。乗り物として使うこともできよう。列島の山奥《やまおく》を駅とする、一年に一本というダイヤの樹海《じゅかい》の秘密《ひみつ》列車。

きっと悲喜こもごもの、たくさんの物語があっただろう。

だが、そんな時代があったとして、それはもうだいぶ前に終わり、秘事《ひじ》は忘《わす》れ去《さ》られたのだ。ただ特殊《とくしゅ》な性質《せいしつ》を帯びた家と、時代から取り残された最後の男だけが残った。男を受け入れる器《うつわ》であった村は消失し、最後の男はあまりにも長くこの家にいたために、やがては肉体をも失ったのだ。

そんなとき運悪く自分がここに足を踏《ふ》み入《い》れてしまった。

そういうことなのだろう。

5

近くまで人がやって来たのは家に閉《と》じ込《こ》められてから十日目の早朝だった。

そのとき家は白菜畑を望む雑木林《ぞうきばやし》の暗がりの中に位置していた。

この家で生活すると朝がだいぶ早くなる。その日もぼくは、夜明けと共に目を覚ましていた。

井戸水《いどみず》で顔を洗《あら》い、箒《ほうき》で掃除《そうじ》をしてから、マンゴー芋《いも》を食べた。缶詰《かんづめ》は使い果たし、米もほとんど残っていない。

縁側《えんがわ》でぼんやりしていると、がさがさと落ち葉を踏《ふ》む音が響《ひび》いた。中年の痩《や》せた女がやってくる。ティーシャツの上に黒いカーディガンを羽織《はお》っていて、髪《かみ》は少し乱《みだ》れている。部屋着で朝の散歩に出てきたようにみえる。ぼくは身を硬《かた》くした。

十日ぶりの人間に胸《むね》が震《ふる》えた。

女は家を見ても特に驚《おどろ》く様子はなく、まっすぐにこちらに向かってくる。漠然《ばくぜん》とした雰囲気《ふんいき》だけの判断《はんだん》だが、おそらく女は主婦《しゅふ》ではないかと思う。そう思うと、少し気持ちが萎《な》えた。

事情《じじょう》を話したところで、自分の身代わりになってくれるとも思えない。騙《だま》して置いていくしかないが……例えば、主婦《しゅふ》の家に乳児《にゅうじ》がいたとしたらどうなる？

ぼくはそう思いながらも縁側《えんがわ》から立ち上がり、挨拶《あいさつ》をした。

「おはようございます」

女は反応《はんのう》しない。見れば、片手《かたて》に段《だん》ボール箱を抱《かか》えている。女は無言のまま敷地《しきち》の入り口の前まで来ると、段《だん》ボール箱を地面に下ろした。

ぼくは入り口の境界《きょうかい》まで歩いた。

「おはようございます」

再度《さいど》声をかけてみるが、女はぼくのほうに顔を向けずにかがみこむと、段《だん》ボールを開いた。

入っているのは仔猫《こねこ》だった。白と茶の二匹《ひき》で、不思議そうに女を見上げている。

「達者でね」女は呟《つぶや》いた。「がんばって生きるのよ」

「こらっ」ぼくは思わず叫《さけ》んだ。「こんなところに捨《す》てるでない！」

女は、はっとして周囲を見回す。だがその視線《しせん》がぼくを捉《とら》えることはなかった。見えていないのだ。女の表情《ひょうじょう》は見る間に強張《こわば》り、立ち上がるとくるりと背《せ》を向けた。

行かないで。思わず片手《かたて》を中空にさしだしたが、女が躓《つまず》きながら走り去るのを見ていることしかできなかった。

縁側《えんがわ》に戻《もど》ってため息をついた。

しばらくすると、仔猫《こねこ》の一匹《ぴき》がのろのろと敷地《しきち》に入ってきた。ぼくは食べかけのマンゴー芋《いも》を投げてみた。与《あた》えられる食べ物はそれしかない。

マンゴー芋《いも》は猫《ねこ》の手前の地面に落ちたが、猫《ねこ》はマンゴー芋《いも》の匂《にお》いを嗅《か》ぐこともなく周囲を見回すと、のろのろと引き返していった。

もしも、誰《だれ》もがあの女のようにこちらの領域《りょういき》が見えないのだとしたら、話は相当にやっかいだな、と思う。

午後には生暖《なまあたた》かい風が吹《ふ》き、にわか雨が降《ふ》った。心配になって段《だん》ボール箱を見に行ったが空《から》だった。

雨が止《や》むと周囲が暗黒になった。

それからしばらくは土砂降《どしゃぶ》りの雨が続いた。どこに移動《いどう》しても天気が悪い。家の出現先《しゅつげん》が運悪く雨雲の下なのか、列島全体が雨雲に覆《おお》われているのかわからない。

板の間で本を読んだ。

急いで読めばこの先の娯楽《ごらく》がなくなってしまう。時間をかけてじっくりと読んだ。

6

サングラスの男がやってきたのは、五月の半ばごろだった。

ぼくはその日の午前中に、着続けていたジーンズと、下着を桶《おけ》で洗濯《せんたく》した。石鹸《せっけん》も洗剤《せんざい》もないから水洗《みずあら》いだ。水は真っ黒になった。

洗濯物《せんたくもの》を裏手《うらて》の木の枝《えだ》にひっかけて干《ほ》すと、箪笥《たんす》の中にしまってあった着物を身につけた。

初夏の陽光が草木を輝《かがや》かせ、あたりそこら中が、光を反射《はんしゃ》させてきらきらと光る。地面からむせるほどの湿気《しっけ》が昇《のぼ》ってきていた。

板の間でぼんやりしていると、「おうい」と呼《よ》ぶ声が庭の方から聞こえた。

庭に出ると、木漏《こも》れ日《び》の道を背景《はいけい》にして、境界《きょうかい》付近に男が立っていた。年齢《ねんれい》はおそらくは五十歳《さい》以上。白いズボンにポロシャツ、マッカーサーがつけていたようなレンズの大きいサングラスをかけている。

焦《あせ》るなよ。ごく普通《ふつう》に、陽気にいこうと自分に言い聞かせる。

「こんにちは」

サングラスの男は、ぼくを上から下まで眺《なが》め回《まわ》すと、ありゃあ、と声をだした。

彼《かれ》には見えている。ぼくは興奮《こうふん》した。やはり見えるものもいるのだ。

　サングラスの男からは、どことなく堅気《かたぎ》の人間の雰囲気《ふんいき》はしない。バイタリティーもありそうだ。この男なら適材《てきざい》。

「いい日和《ひより》ですねえ。どうです。ちょっとこちらで、お茶でもいかがですか？」

「いやいや」サングラスは顔の前で手を振《ふ》った。「あれまあ、人代わったの？　自分の代で終わりだっていってたのに」

　ぼくは、はっとして作り笑いを凍《こお》らせた。

「あの、あなたは」

　サングラスは、大丈夫大丈夫《だいじょうぶだいじょうぶ》、俺《おれ》わかっているからさ、と手のひらを向けた。

「いやね、自分はあなたの前にここにいた人の知り合いでね。一年にいっぺん、この日は、ここに来て差し入れとかしてたんだわ。ちょっと最近は忙《いそが》しくて、何年か来ることできなかったけどさ、久《ひさ》しぶりに来て驚《おどろ》かそうと思ったら……あれえ、だよ」

「知り合い」

　そうそう、と男は顔面に飛《と》び込《こ》んできた虻《あぶ》を片手《かたて》で追《お》い払《はら》うと、ポロシャツの胸《むね》ポケットから煙草《たばこ》をとりだし、火をつけた。

ぼくは咳払《せきばら》いをした。

「あの、これは、どういうことなんですかね。ぼくは何も知らないでここにいるんですが。教えてもらえます？」

サングラスは顔をしかめた。

「困《こま》るねえ。神様がそれじゃ。まあ、いいけどさ。いやなに、こっちも知りたいね。センジさんは？ ようやく引退《いんたい》かい？ あんたはここに、いつから入っているのよ？」

センジさんとは、月夜の晩《ばん》に翁《おきな》の面をしていた男の名前にちがいなかった。ぼくは翁《おきな》の面の男がおそらくは死んでしまったことを話した。自分はこの家とは何のゆかりもない人間であり、一ヶ月《かげつ》ほど前に散歩の途中《とちゅう》、偶然《ぐうぜん》にここに入ったために、強引《ごういん》に家を受《う》け渡《わた》されてしまったことも語った。

「そうかあ」サングラスの男は肩《かた》を落として、ため息をついた。少し間を置いてから、男の頬《ほお》を涙《なみだ》がつたった。

「センジさん、逝《い》っちまったのか。寂《さび》しいなあ」

「どういう関係なんです？」

サングラスはハンカチを取り出すと涙《なみだ》を拭《ぬぐ》った。

「五十年も前だよ。ここは俺《おれ》の家のまあ、実家の裏山《うらやま》でさ。子供の時にセンジさんに会ったんだな。当時のセンジさんは四十を超《こ》えていたけど、井戸水《いどみず》や、庭の果実に不老の効果《こうか》があるのか、外見は二十代に見えた。おもしろい人だったよ。いろいろ持っていってあげたら、ずいぶん喜んでさ。不思議な家で旅をしているオニーサンって感じだった。俺《おれ》はそのときからのセンジさんの友達さ」

「あの人、お面はどうして？」

「ああ、お面してたの？　そういう決まりなんだよ。この家に住むのは、神様だからさ。役割《やくわり》上、人と接《せっ》する時には面をつけなくてはいけないし、それ以外にも、代々伝わるすごくたくさんの決まりがあったはずだよ。でもセンジさんは、俺《おれ》と話す時は面なんかつけなかったけどね。ここには五月十五日から十八日までの四日間、家は現《あらわ》れるんだよ。俺《おれ》はいつもその時だけは、泊《と》まりがけで遊びにきたもんさ」

「ぼくも面をつけていたほうがいいんですかね？」

サングラスは首を横に振《ふ》った。

「センジさんに決まりのことはいわれなかったんだろ？」

ぼくは頷《うなず》いた。何一つ。

「そりゃあいいや」男は笑った。「じゃあ、自由にやったらいいんじゃないかな。センジさんだって、あんまり頑固《がんこ》に決まりを守っていたわけじゃないしな。俺《おれ》が泊《と》まるのだって、本当はいけないことだったろうしさ」

ぼくはサングラスに、立ち話もなんだから縁側《えんがわ》で休まないかと声をかけたが、サングラスは首を横に振《ふ》って、冗談《じょうだん》ぽく笑った。

「勘弁《かんべん》してよ。センジさんならともかく、あんたじゃ恐《こわ》くて入れないよ」

「それはつまり……ええと、やはり誰《だれ》か他の人が入ってくれれば、その間にぼくはここから抜《ぬ》けられるのですね」

「そういうことだね」サングラスは、俺《おれ》のほうが詳《くわ》しいや、と笑った。

「代わりにその人が縛《しば》られる」

「恐《こわ》いねえ」

「センジさんの故郷《こきょう》の村は、もう存在《そんざい》していないんですか？」

サングラスはううん、と唸《うな》った。

「それは謎《なぞ》だな。センジさんは自分の村のことは決して語らなかった。決まりの中でも、それが一番重要な決まりだったんじゃないかな。でも跡継《あとつ》ぎが来ないということは、たぶんもうないんだろうな」

ぼくは肩《かた》を落とした。

「かなり不思議に思っているんですけど、どうしてぼくがこの家を継《つ》ぐことになったんでしょうか？」

サングラスは煙《けむり》を吐《は》いた。

「そんなことはわからないよ。センジさんもよくいっていた。どうして俺《おれ》がこの役目をすることになったんだろうって。たまたまそのとき、あなたがその場所にいた、そういうことだろうな。事故《じこ》や恋愛《れんあい》と一緒《いっしょ》さ」

サングラスはいったん引き返すと、夕方前にリヤカーを引いて戻《もど》ってきた。

「はあい、また来たよ」

リヤカーには布団《ふとん》や米をはじめとする食料や日用品が大量に積まれている。きっとセンジさんに差し入れるために準備《じゅんび》していたのだろう。家に残っていた米や缶詰《かんづめ》も、この男の差し入れだったのかもしれない。

「ありがとうございます。あの、お金は?」

「いらない、いらない」サングラスはしかめっ面《つら》を見せた。

「まあ、あんたも大変だろうけどさ、センジさんと違《ちが》って、そこにいることに使命感なんかがあるわけないだろうし、とっとと誰《だれ》かに渡《わた》して出ちまうといいよ。俺《おれ》が代わってやればいいんだろうけどさ、差し入れぐらいしかできないや。ごめんな」

サングラスは、境界《きょうかい》のぎりぎりのところからは決して敷地《しきち》に足を踏《ふ》み入《い》れようとはしなかった。

サングラスが帰った後に、運《はこ》び込《こ》んだ荷物を板の間で整理してみると、一気に生活が充《じゅう》実《じつ》したように思える。米は五十キロ、缶詰《かんづめ》は様々な種類のものが七十個《こ》。塩に、醤油《しょうゆ》、日本酒、スパゲッティー、お茶にコーヒー。インスタント食品。生ものだから早く食べてという桜餅《さくらもち》。ライター十五個《こ》。

眩暈《めまい》がするほど嬉《うれ》しい。
そして真新しい布団《ふとん》。
病気にさえならなければ、当分の間はなんとか大丈夫《だいじょうぶ》だ。

7

サングラスが来た翌日《よくじつ》、ぼくは土間の隅《すみ》にあった大工道具を引《ひ》っ張《ぱ》り出《だ》した。
裏《うら》に積み上げられている薪《まき》と廃材《はいざい》を使って看板《かんばん》を作ってみる。板に小枝《こえだ》を打ちつけて文字にする。

カフェ・ワラブキ
定休日なし　OPEN

入り口の垣根《かきね》のところに、看板《かんばん》を紐《ひも》で縛《しば》りつけた。店名はもちろん、藁葺《わらぶ》き屋根であるところからとった。

誰《だれ》かが来ても、ただ家があるだけでは入ってこない。店にしてしまう。これならずっと入りやすい。

時間はいくらでもあった。家の裏手《うらて》にあった薪《まき》や、切《き》り株《かぶ》、廃材《はいざい》を組み立てて、何日かの間に椅子《いす》とテーブルを作製《さくせい》した。

壺《つぼ》を並《なら》べて、垣根《かきね》から手を伸《の》ばして摘《つ》み取《と》った紫陽花《あじさい》その他の花をとりあえず活《い》けてみる。


最初の客は猟師《りょうし》だった。

七月初旬《しょじゅん》の昼近くで、うるさいぐらいに蟬《せみ》が鳴いていた。ぼくが気配を感じて縁側《えんがわ》に出ると、鉄砲《てっぽう》をかついで緑色のベストをつけた男が庭で目を瞬《しばたた》いていた。

「いらっしゃいませ」

「あれえ、ありゃあ?」猟師《りょうし》は素《す》っ頓狂《とんきょう》な声をだした。「あれえ、お兄さん、おかしいな」

最後の、おかしいな、は消え入りそうに小さい。

ぼくは営業《えいぎょう》スマイルを浮《う》かべていった。

「ランチメニューは森の果物と、さんぴん茶しかないのですが、よろしいでしょうか?」

森の果物とはマンゴー芋《いも》のことだ。

さんぴん茶は、サングラスの男がどこかのスーパーで買ってきた六十パック入りのジャスミン茶の名前だった。

猟師《りょうし》は訝《いぶか》しげに周囲を見回しながら、切《き》り株《かぶ》に板を渡《わた》した椅子《いす》に座《すわ》った。

「俺《おれ》、猪《いのしし》を追っていたんだけどな」

井戸水《いどみず》を沸《わ》かしたお茶をだした。猟師《りょうし》はお茶を飲むと、こりゃあうまいな、と呟《つぶや》く。

「うますぎる。なんか、こう身体がすっと軽くなるような不思議な茶だよ」

「水が特別だからでしょう。ところで失礼ですが、お子さんなどはいらっしゃいますか」

猟師《りょうし》は戸惑《とまど》いながら答えた。

「ああ? お子さん? いやね、孫娘《まごむすめ》がいるよ。東京《とうきょう》で暮《く》らしているけどね、これに会うのが、また楽しみなんだあ」

「なるほど。では今、自由の身ですね」

猟師《りょうし》は何かを確《たし》かめるようにぼくを凝視《ぎょうし》した。

ぼくは咳払《せきばら》いをした。

猟師《りょうし》は、こわいこわい、と呟《つぶや》きながら席を立った。

「いや、俺《おれ》、十年以上この山に入っているけど、こんなところに店があるわきゃないよな。こわいこわい」

顔をぼくの方に向けながらじりじりと後退《こうたい》する。入り口のところまで戻《もど》ると、猟師《りょうし》は口を開いた。

「猪《いのしし》、来なかったね？」

「こっちには来ていないですね」

猟師《りょうし》は背《せ》を向け、走り去った。


また別の場所で、真夏の午前中に三人の初老の女が敷地《しきち》に入ってきた。

垣根《かきね》の周囲をピンク色の花をいっぱいに垂《た》らした樹木《じゅもく》が囲んでいた。

白いものの交じった髪《かみ》を後ろで束《たば》ねた女が、ぼくを見ると隣《となり》の女に囁《ささや》いた。

「センジさんじゃないよ」

「あれまあ」

「センジさんはどうしたんだろ」

「いなくなったんかな」

三人は首をかしげながら、ぼくの作った椅子《いす》に座《すわ》った。

「前の方のお知り合いですか」

ぼくが声をかけると、三人はお互《たが》いに顔を見合わせ、厳《きび》しい顔つきで黙《だま》った。

少しの沈黙《ちんもく》のあと、女の一人が口を開いた。

「あんた、若《わか》いねえ。センジさんはどうしたのかねえ」

この家の前の持ち主は消えてしまったことと、自分が家を受《う》け渡《わた》されて困《こま》っていることを話す。

「消えたってよ。やっぱり神様だったさ」

「神様なもんか。人間だよ。あんた男前はみんな神様かい」

「このお兄ちゃんに、跡《あと》を継《つ》がせて帰ったんだよ」

「ほれ、よく見たら、若《わか》い頃《ころ》のセンジさんに似《に》ているよお」

ぼくはやや圧倒《あっとう》されながら、センジさんとはどういう関係ですか、ときいた。女の一人が急にたおやかな口調で話し出す。

「私《わたし》が十五のときに、ここでセンジさんにお会いしましてね。あの方もまだ若《わか》くて、一時期は、まあレンアイということになったんですよ。お会いできるのは八月二日から四日。一年に一度でしたけどね」

すかさず残りの二人から抗議《こうぎ》が入る。

「よくいうわい、ボケ婆《ばば》あ」

「昔はどうだか、今は茶のみ友達よ」

「一年に一度のナ」

「いい人だったよ」

「戦時中で、こっちが困《こま》っている時は、蔵《くら》からいくらでも米をくれたしな。愚痴《ぐち》やらなんやらも、いやな顔ひとつしないで聞いてくれて」

「酒もよく一緒《いっしょ》に飲んでくれたもんよ」

「なかなかできることじゃねえよなあ」

「きれいだろ、ホラ、垣根《かきね》のところ百日紅《さるすべり》がいっぱいに花を咲《さ》かせて。あれ、あたしらが植えたんだよ」

「四十年前にナ」

ぼくは三人にお茶をだした。改めて垣根《かきね》の周囲のピンク色の花を咲《さ》かせた樹木《じゅもく》、百日紅《さるすべり》を眺《なが》める。どこかで雲雀《ひばり》が鳴いていた。

三人はひとしきり、思い出話をした。三人は戦前の女学校の同級生だということで驚《おどろ》く。センジさんに会いに来ることは、遠い昔、彼女《かのじょ》たちの青春時代から続いている胸《むね》ときめく秘密《ひみつ》だったのだろう。ぼくは自分がセンジさんでないことが少し辛《つら》かった。

女たちに頼《たの》まれて庭木のマンゴー芋《いも》をもいでだした。

女の一人が歌うようにいう。

「わしらがあ、なんでえ、若《わか》いかはあ、ヒミツ、ヒミツ、ヒ、ミ、ツよお」

「これこれ、ここの水と果物よ。毎年ここに来て、これを食べるから若《わか》いわけ」

「おいくつなんですか?」

「訊《き》くんじゃないよ。驚《おどろ》くよう」

「地元じゃ、あたしら不老の魔女《まじょ》三人衆《しゅう》よ」

やがて三人は立ち上がった。

「あんたも、頑張《がんば》りナ」

「頑張《がんば》れって、ユキさん、この人は、ただ閉《と》じ込《こ》められてしまっただけよ」

ぼくはつい頼《たの》んでみる。

「誰《だれ》かこの中で、ぼくの代わりをやってくれる人はいませんかね。まあ、センジさんの代わり、ということでもありますが」

「あたしらにゃあ、無理、無理。もっと若《わか》くて、前向きな子じゃないと、ねえ」

三人の女は笑って出て行った。


その後も家はあちこちの道に接続《せつぞく》した。看板《かんばん》を出す、というアイディアは正解《せいかい》で、何人かの客も来た。

本来の目的は、店をやることではなく、自分の身代わりをここに誘《さそ》い込《こ》み外に出ることにある。だが、この単純《たんじゅん》なことがぼくにはできなかった。

客が来るまでは、次の客でここから出よう、と思うのだが、実際《じっさい》に客が来ていくらか話をすると、急速に気持ちが萎《な》えていくのだ。

彼《かれ》らには間違《まちが》いなく生活がある。身代わりにすれば、それが彼《かれ》らの先の人生を大きく左右しかねないのだ。勤《つと》め人《にん》なら解雇《かいこ》されるし、学生なら留年《りゅうねん》する。

いや、本当は少しばかりここでの暮《く》らしが気に入ってきているのかもしれない。食料はサングラスの差し入れと、仙人《せんにん》の果実でとりあえずは足りているし、水はどこよりも美味《うま》い。家賃《やちん》も水道光熱費もかからない。

社会的にみれば、ぼくの暮《く》らしは問題あるのかもしれないが、ここは社会の外にある別の世界なのだ。

客は現《あらわ》れ、去っていく。

8

外で甲高《かんだか》い子供の声が聞こえた。

ふざけ混《ま》じりに怒鳴《どな》っている、そんな感じだ。

境界《きょうかい》のところまで見に行くと、制服《せいふく》を着た学生が三人いた。学校帰りの中学生のようだ。

小太りの少年が地面に蹲《うずくま》っている。彼《かれ》は残りの二人に悪態《あくたい》をつかれながら蹴《け》られていた。

ぼくは黙《だま》って入り口のところで様子を観察した。小太りの少年は、眼鏡《めがね》を割《わ》られて、足蹴《あしげ》りをなんとか腕《うで》で防《ふせ》いでいる。

蹴《け》っている二人はどちらかといえば地味な部類の少年たちだった。一人はにきびがいっぱいの丸刈《まるが》りで、もう一人は背《せ》の高い真面目そうなスポーツ刈《が》りだ。

彼《かれ》らはぼくに気がつく様子はなかった。家が見えない部類の人間なのだろう。

ぼくは地面に落ちていた団栗《どんぐり》をかがみこんで拾い、丸刈《まるが》りの顔に投げつけてみた。

いてっと、坊主頭《ぼうずあたま》は顔を歪《ゆが》め、不安そうに周囲を見回した。背《せ》の高いほうの顔にもぶつけてみる。

二人は黙《だま》り込《こ》んであたりの気配を窺《うかが》いはじめた。ぼくはその顔に再《ふたた》び、団栗《どんぐり》をぶつけた。

二人が走り去る背中《せなか》を満足して眺《なが》めながら、縁側《えんがわ》に戻《もど》った。

「あのお」

小太りの少年が敷地《しきち》に入ってきた。彼《かれ》には家が見えるらしい。

髪《かみ》はくしゃくしゃにされ、制服《せいふく》には足跡《あしあと》がつき、割《わ》れた眼鏡《めがね》を片手《かたて》にもっている。漫画《まんが》にでもでてきそうな、いじめられっ子だ。

「ありがとうございました。ここ、お店なんですか？」

「まあね」曖昧《あいまい》に返事をした。

「最近できたんですか？　チーズケーキありますか？」

小太りの少年は席についている。助けてくれたお礼に、何か食べていってあげようというつもりなのだろう。

仕方なくお茶をだした。

「お茶しかないんだ」

「へえ、変な店」小太りの少年は、くすくすと笑った。「こんなことというのもなんだけれど、ここ、ぼくが経営《けいえい》したらもっとうまくいくはずですよ」

「そうかい」

小太りの少年は眼鏡《めがね》を置くと、興奮《こうふん》気味に続けた。

「テーブルはひどいつくりだし、チーズケーキもないし。なんでこんなところでこんな事やっているんですか？　大人の人にぼくがいうのもなんだけど、全然なっちゃいないですよ。ぼくの知り合いに、こういう店作りのプランナーをしている人がいるんですけど、ちょっとぼくから紹介《しょうかい》してあげましょうか？　彼《かれ》だったらいろいろアドバイスできると思うし、なんだったら、おじさんをぼくの知り合いのところで雇《やと》ってあげることもできますよ。まあ、最初は見習いからですが、誰《だれ》もが通る道ですし」

ぼくはうんうんと頷《うなず》いた。ずいぶんといやらしい性格《せいかく》の子供だな、と思いながら。

「それより、さっきはいじめられていたんじゃない？」

「いや、まあ、あれは、ふざけていただけですよ。ちょっと足りない子たちでね」

「原因《げんいん》は？」

「社会に出たら、ぼくのパパは社長だから、うちの会社で、おまえたちを使ってやるよっていったら、怒《おこ》っちゃってね。まあなんだかねえ、親切でいってやっているのに、心が貧《まず》しいのかなあ。かわいそうな奴《やつ》らです。まあ、十年後には、あいつらはぼくの下で使われているんだろうけど。あんな足りないのが、社会でやっていけるのか実に心配」

小太りの少年は元気を取《と》り戻《もど》したらしく、目には妙《みょう》な輝《かがや》きが宿っていた。少年の語る社会には、自分の知り合いと父親が経営《けいえい》している会社しか存在《そんざい》しないような口ぶりだったが、中学生の妄想《もうそう》に反論《はんろん》するのも不粋《ぶすい》なので、ぼくは何もいわなかった。

ひとしきり話すと少年は立ち上がり、いくらです、と訊《き》いた。ただでいいよ、と手を振《ふ》ると、彼《かれ》はむっとして、五百円玉をテーブルに載《の》せて帰っていった。

9

ぼくが家を手放したのは、九月の初めだった。

海の近くだった。風の吹《ふ》くよく晴れた午後、灰色《はいいろ》のジャンパーを着た男がやってきた。農作業でもしたのか髪《かみ》は少し薄《うす》く、日焼けした健康そうな顔に銀縁《ぎんぶち》の眼鏡《めがね》をかけていた。ズボンの裾《すそ》とシューズが泥《どろ》に汚《よご》れている。

椅子《いす》に座《すわ》ると、彼《かれ》は口を開き片手《かたて》をあげた。

「いい天気ですね！」

ぼくは頷《うなず》いて彼《かれ》の側に寄《よ》った。

「いらっしゃいませ。ごきげんですね」

彼《かれ》は陽気に微笑《ほほえ》んだ。

「一仕事終わったところなんですよ。いい風が吹《ふ》いていますね。人生がどんどん素晴《すば》らしくなっていく予感がしているところです。コーヒーおねがいします」

お茶しかないんです、といって、ぼくは湯飲みに茶をいれてだした。コーヒーはないこともないがぼくが夜に飲むのだ。

「こりゃあうまい」

「ありがとうございます。ちょっと変な話なんですが、無人島に漂着《ひょうちゃく》しても、人生は素晴《すば》らしいでしょうか？」

「当然ですよ。素晴《すば》らしいのが人生なんですから。生きている限《かぎ》り、どのような境遇《きょうぐう》にあろうと、ただそれだけで、素晴《すば》らしいものです。必ず意味がありますが……それはともかく無人島なんて素晴《すば》らしいじゃないですか！　無人島でしかできないことだってたくさんありますから」

ぼくは男の愚直《ぐちょく》な主張《しゅちょう》に感動してしまった。今時、こんなことをはっきりいえる人は少ないのではないか。

男は、ぼくの熱を帯びた眼差《まなざ》しから照れくさそうに目をそらすと呟《つぶや》いた。

「そのときには理解《りかい》できなくてもね。後になったらわかることもありますから。人生の問題は、問題だと決め付けなければ問題などではないのですから」

ぼくの胸《むね》にすっと光が差した。

「あなたは立派《りっぱ》な方だと思います。失礼ですが、自宅《じたく》に小さなお子さんがいたりしませんよね？」

「いないですね」

ぼくは出口を見定めた。その日が来たのだ。今を逃《のが》せば、次は何ヶ月《かげつ》後か。あるいは何年後か。

「今まで来たお客さんの中で、一番ですよ。だから……」うまく説明できない。思わず早口になる。「悪気はないんで、すみませんね。ババ抜《ぬ》きなんですよ、これ。永遠《えいえん》ではないですから。慣《な》れれば悪くないし、身代わりをたてれば、出られますから」

男には何のことかわからなかっただろうが、いずれこれが重要なヒントになるだろう。

ぼくは日焼けした銀縁眼鏡《ぎんぶちめがね》の男をテーブルに残して、そのまま外に向けて走った。

いつかは出なくてはならないのだ。それが今だと感じたとき、自然に足は動いていた。家の呪縛《じゅばく》は男に転移《てんい》したのだろう。一切《いっさい》の抵抗《ていこう》を感じずに、風を切って境界《きょうかい》を走《はし》り抜《ぬ》けることができた。

外に出て樹木《じゅもく》のトンネルを抜《ぬ》けると、水平線を見渡《みわた》せる高台で、ハマギクが群生《ぐんせい》していた。眼下《がんか》に線路が見える。

夢中《むちゅう》になって走り続ける。とにかく家と距離《きょり》を置きたかった。

やがて疲《つか》れて走るのを止めた。

全身に汗《あせ》をかいていた。動悸《どうき》は激《はげ》しく、膝《ひざ》に手をやって地面を見ながら荒《あら》い息をついた。

そのようにして、ぼくは脱出《だっしゅつ》したのだ。

福島県《ふくしま》だった。ぼくは電車に乗り、久《ひさ》しぶりに我《わ》が家《や》に戻《もど》った。


爽《さわ》やかな銀縁眼鏡《ぎんぶちめがね》の男に申《もう》し訳《わけ》ない、という気持ちは当然ある。ぼくのしたことが彼《かれ》の人生にどんな影響《えいきょう》を与《あた》えたかと考えると、気が重くなる。

だが、ぼくは家を手放したかった。小太りの学生と話したときにおぼえたいい知れぬ屈《くつ》辱《じょく》感は、時間と共にぼくの中で膨《ふく》らんでいたし、センジさんになれない以上は、誰《だれ》かで覚悟《かくご》を決めなければ、一生ここにいるしかないと気がついたのだ。

前向きで楽観的な雰囲気《ふんいき》のあの男ならうまくやっていけるだろうと思ったし、それ以上に彼《かれ》は、サングラスの男のいうところの――そのときその場所にいた人間――だったのだ。

家は歪《いびつ》ながらもカフェの様相に仕立てていたから、しばらくは誰《だれ》かが入って来るだろうし、布団《ふとん》だってさほど汚《よご》れていない。サングラスが差し入れてくれた食料も残っている。マンゴー芋《いも》だってある。彼《かれ》が餓死《がし》するまでに脱出《だっしゅつ》することは困難《こんなん》ではないはずだ。

ぼくはそのように考え、罪悪感《ざいあくかん》をまぎらわせた。

会社に電話したが、ぼくの座《すわ》る席はもうないと告げられた。無断欠勤《むだんけっきん》が三日続いた時点で、求人誌《きゅうじんし》に募集《ぼしゅう》をかけ、翌週《よくしゅう》には代わりの人間を雇《やと》ったのだ。これは予測《よそく》していたので、それほどショックではなかった。

つきあっていた恋人《こいびと》は半年のうちに別の男を見つけていた。これもまた責《せ》めることではない。静かに受け入れた。

ぼくの自宅《じたく》は親から譲《ゆず》り受《う》けた一戸建てで、ローンは残っていない。これが救いといえば救いだった。

半年ぶりの下界は猥雑《わいざつ》で、しばらくは遠くに聞こえる車の排気音《はいきおん》や、冷蔵庫《れいぞうこ》の低い振動《しんどう》音《おん》がうるさくて、眠《ねむ》れない夜が続いた。水の不味《まず》さは格別《かくべつ》だったし、社会が無意味に自分をせかしているように感じた。翁《おきな》の面のセンジさんが、外に出ることを恐《おそ》れたというのもよくわかる。彼《かれ》はあそこで仙人《せんにん》として生涯《しょうがい》を終えて正解《せいかい》だったのだ。

またそれとは別に、帰還《きかん》した者ならではの楽しみも数多くあった。馴染《なじ》みのラーメン屋に行ったり、宅配《たくはい》ピザに狂喜《きょうき》したり、本屋に行ったり映画《えいが》を観《み》たりということだ。

十月に入るとぼくは落ち着いてきた。最初の違和感《いわかん》はあらかた消え去り、かつて過《す》ごしていた日常《にちじょう》がゆっくりと戻《もど》ってきていた。外の通りを酔《よ》っ払《ぱら》いが歌いながら歩いていても、気にせずに眠《ねむ》れるようになった。まだ就職《しゅうしょく》活動をしようという気にはならなかった。

〈もしも庭にマンゴー芋《いも》がなる樹《き》が生えていたなら〉そんな妄想《もうそう》がしつこく浮《う》かんだ。

ある夜、サラダを食べながら、テレビを見ていた。七時のニュースだ。

岩手《いわて》県で、学校帰りの女子高生、野方沙友里《のがたさゆり》さん（十六歳《さい》）が謎《なぞ》の失踪《しっそう》。

ぼくはその事件《じけん》をノートに書きとった。

日付を確認《かくにん》すると十月三日だった。家を出てから一ヶ月弱《かげつ》。

ぼくのあまり確《たし》かでない記憶《きおく》では、この時期の迷《まよ》い家《が》の出現位置《しゅつげん》は、ちょうど岩手県あたりだった。もっとも家の出現《しゅつげん》予定先は日本中に百以上もあり、全てを把握《はあく》し記憶《きおく》しているわけではない。

誰《だれ》かが岩手県で失踪《しっそう》したからといって、例の家が関わっているとは限《かぎ》らない。全く別の理由で失踪《しっそう》した可能性《かのうせい》もある。ただ確証《かくしょう》はないままに、もしかしたらあの男の人はこの女子高生に家を譲《ゆず》ったのかもしれないな、と思った。

ぼくはそれから頻繁《ひんぱん》にニュースを見るようになった。ニュースは毎日、事件《じけん》を報道《ほうどう》し続けている。惨《むご》たらしい事件《じけん》も、不可思議《ふかしぎ》な事件《じけん》も起こる。

十一月四日。茨城《いばらき》県。住宅地《じゅうたくち》に近い林の中で、小学六年生の男の子がお面を被《かぶ》った男性《だんせい》に刃物《はもの》で脅《おど》され、右腕《みぎうで》を切りつけられる。犯人《はんにん》はまだ捕《つか》まっていない。お面は翁《おきな》の面だという。

十一月十五日。滋賀《しが》県の山中で、岩手県で行方《ゆくえ》不明になっていた高校生、野方沙友里さんが、遺体《いたい》で発見。暴行《ぼうこう》の跡《あと》あり。

ぼくはほとんど驚愕《きょうがく》の思いで二つの事件《じけん》をノートに書きとった。

林の中で翁《おきな》の面の男。

現在《げんざい》の家の持ち主にちがいなかった。

家は岩手県で野方沙友里なる少女の手に渡《わた》ったと思っていたが、そうではなかったのだ。家の持ち主は男で、野方沙友里は死体になって滋賀県の山中に放り出された。

結びつけて考えれば、単純《たんじゅん》なこと。

現在《げんざい》の家の持ち主は、家から出るつもりなど毛頭無く、迷《まよ》い込《こ》んできた女子高生を殺害し、移動《いどう》してから外に捨《す》てたのだ。

十二月に入り、イルミネーションに飾《かざ》られた町を凍《い》てついた風が吹《ふ》き抜《ぬ》けていく。そんな冬の夕方、極《きわ》めて決定的な事件《じけん》が報道《ほうどう》された。

福島県で、犬の散歩中だった男性《だんせい》が森で女性《じょせい》の遺体《いたい》を発見。遺体《いたい》は韮崎峰子《にらざきみねこ》さん（三十七歳《さい》）と判明《はんめい》。夫の韮崎進《すすむ》さん（三十四歳《さい》）が、三ヶ月《かげつ》前から失踪《しっそう》していることから何らかの事件《じけん》に巻《ま》き込《こ》まれたものとして捜索《そうさく》中。

テレビ画面に映《うつ》し出《だ》された韮崎進の顔写真は、ぼくが家を受《う》け渡《わた》した陽気な銀縁眼鏡《ぎんぶちめがね》の男のものに間違《まちが》いなかった。地元の高校の英語教師《きょうし》だという。

画面に映《うつ》るレポーターが立っているのは寒々とした海の見える丘《おか》で、見覚えがあった。九月にハマギクが群生《ぐんせい》していたところだった。

なおりかけた不眠症《ふみんしょう》が、再《ふたた》びぶりかえしてくる。

韮崎進のズボンの裾《すそ》とシューズは泥《どろ》に汚《よご》れていたことを思い出す（一仕事終わったところでね）。あのときの彼《かれ》の吹《ふ》っ切《き》れたような表情《ひょうじょう》。あの日だ。あの日奴《やつ》は自分の妻《つま》を森に埋《う》め、爽快《そうかい》な気分でコーヒーを飲みにきたのだ。

（無人島なんて素晴《すば》らしいじゃないか。無人島でしかできないことだってたくさんある）

自分に責任《せきにん》があるという思いが、頭にこびりついて離《はな》れない。凶器《きょうき》が通過《つうか》しただけともいえなくはないが、自責《じせき》の念は理屈《りくつ》ではなかった。関わりがないと切《き》り捨《す》てて、映画《えいが》を観《み》て、本を読んで、昼寝《ひるね》ができるほどぼくの心は丈夫《じょうぶ》ではない。

ぼくが家の出現《しゅつげん》位置を曖昧《あいまい》ながらも記憶《きおく》していたのは、十月の野方沙友里の頃《ころ》までで、もう家がどこに現《あらわ》れているのかわからなかった。つまりなす術《すべ》はない。

ただ来年になれば話は別だ。日付と出現《しゅつげん》位置をはっきりと知っているところが二つある。四月の公園に向かうあの小路《こみち》と、九月の福島県の海沿《うみぞ》いの林だ。

十二月七日、浅野美恵《あさのみえ》さん（二十三歳《さい》）が、山梨《やまなし》県で訪問販売《ほうもんはんばい》のアルバイト中に、街中で失踪《しっそう》。同日午後五時半に、「古い民家にいる」というメールを友人男性《だんせい》の携帯《けいたい》に送ったのを最後に、連絡《れんらく》は途絶《とだ》える。

ぼくはうんざりしながらそれをメモにとると、頭を抱《かか》えた。

10

四月になり桜《さくら》が散った。

真夜中の住宅街《じゅうたくがい》を歩くぼくの足取りは重い。

去年と同じような春のそよ風が吹《ふ》いているが、その中には、微《かす》かに腐肉《ふにく》と血の臭《にお》いが混《ま》じっているように思える。

レンガの塀《へい》で囲まれた洒落《しゃれ》た洋館の脇《わき》に小路《こみち》が続き、その先は枝葉《えだは》の天蓋《てんがい》のある漆黒《しっこく》の闇《やみ》が広がっていた。

今日がその日だった。一年前にぼくが迷《まよ》い込《こ》んだ日だ。

ぼくは黙《だま》って闇《やみ》の中に進んだ。

湿《しめ》った落ち葉を踏《ふ》みしめる。進むごとに臭気《しゅうき》は明らかに強くなっていく。

かつて自分が半年間住んでいた藁葺《わらぶ》き屋根の家屋と、その敷地《しきち》は確《たし》かにそこにあった。ぼくの作った看板《かんばん》や、椅子《いす》やテーブルもそのままある。家の中ではオレンジ色がかった明かりが灯《とも》っている。

こんばんは、と叫《さけ》んだ。

しばらく間があった後、障子《しょうじ》戸が僅《わず》かに開き、暗い人影《ひとかげ》が縁側《えんがわ》に滑《すべ》るように現《あらわ》れた。妙《みょう》な服に翁《おきな》の面をつけている。

ぼくは手招《てまね》きした。

翁《おきな》の面の男は境界《きょうかい》まで歩いてくると、思い出したように面を外した。髭《ひげ》と髪《かみ》が伸《の》び放題《ほうだい》に伸《の》び、目の下には隈《くま》ができて様相は変わっているが、ぼくが家を渡《わた》したのと同じ男——韮崎進だった。

「おぼえていますか？」

「ああ」韮崎は笑った。「よくも閉《と》じ込《こ》めてくれましたね。まあいいや、上がってください」

ぼくは自分と男の間に、境界《きょうかい》を挟《はさ》んで充分《じゅうぶん》な間合いがあることを確認《かくにん》する。直截《ちょくせつ》に切り出した。

「あなた、人を殺していますよね？」

韮崎は上目遣《うわめづか》いにぼくを見た。

「え、私《わたし》が？　そりゃまたどうして？」

「わかりますよ。だって、不自然に人が消えたらニュースになるでしょ。女子高生とか」

「そんなの私《わたし》じゃないですよ」

「あなたですよ」

冷えた沈黙《ちんもく》があった。何よりも家から漂《ただよ》う腐臭《ふしゅう》はごまかせない。

「あんた失礼だな。証拠《しょうこ》があっていってるんですか？」

「あんたの上着、セーラー服じゃないですか」

韮崎は自分の上着――あちこちに黒っぽい染《し》みのできている汚《よご》れた制服《せいふく》をちらりと見てから、舌打《したう》ちするとぼくを睨《にら》みつけ、吠《ほ》えた。

「オレが自宅《じたく》で何を着ようと、関係ねえだろてめえには！」

ぼくが絶句《ぜっく》していると、韮崎の目に涙《なみだ》があふれた。

「はいはい、いいですよ、嘘《うそ》はつきませんよ。誤解《ごかい》を解《と》きましょうかね。女子高生がきゃあきゃあいいながらふらっとやって来たんです。きっとどこかの学校の近くだったんでしょう。わあお店がある、なんていいながら、五人ぐらいが入ってきました。ね。そのときに誰《だれ》かが制服《せいふく》を脱《ぬ》いで忘《わす》れていったんですよ。私服《しふく》に着替《きか》えたのかわからないですけどよくあることでしょう？　その後寒くなってきて、それで私《わたし》は冬物の服とか持ってないじゃないですか。好きで着ているわけではないんですよ。怒鳴《どな》ってすみませんね。そんな閉《と》じ込《こ》められた上に人殺しとかなんとか、いわれたらいくらなんでもさすがに穏《おだ》やかな私《わたし》でもねえ」

「韮崎進さん」

韮崎の表情《ひょうじょう》が強張《こわば》る。

「家族といえば、殺した奥《おく》さん、見つかっちゃってますよ。散歩中の犬が掘《ほ》り起《お》こして」

韮崎は、よくわからないというふうに首を傾《かし》げてから、ああ、ああ、と手を打った。

「ああ、あれね。あれは病気で死んだのを埋葬《まいそう》したんです。なんだなんだ見つかっちゃったんですか？　殺したんじゃないですよ。そりゃ我慢《がまん》していたところもありましたよ。ソウルメイトじゃなかったし。ただそれとは別に、家内は心臓発作《しんぞうほっさ》で死んだんです。ずっと前からね、『もしも自分が死んだら葬儀屋《そうぎや》とかに死体を見られるのが恥《は》ずかしくて嫌《いや》だから近くの森に埋《う》めてくれ』って頼《たの》まれていたんですよ」

「あなたは、高校の英語の先生でしたっけ。最低ですね、本当に」

「何いってんの、偉《えら》そうに。あんたが閉《と》じ込《こ》めなければ、ずっと高校の英語の教師《きょうし》でしたよ。ほら、全部テメーのせいじゃないか。何しに来たんです。謝罪《しゃざい》でもしに来たんですか？」

「何しに来たと思います？」

「あのねえ、何度もいうけどやましいところなんて一つもないんでね、まず中で話しましょう。疑《うたが》いがあるなら家の中でも調べてみてください。話はそれからじゃないですか」

ぼくは首を横に振《ふ》った。韮崎は唐突《とうとつ》に唸《うな》り声《ごえ》をあげると、摑《つか》みかかろうと両手を伸《の》ばして間合いを詰《つ》めた。

飛《と》び退《の》いてズボンの後ろポケットに入れていた折りたたみナイフに反射的《はんしゃてき》に手を伸《の》ばしたが、その必要はなかった。

彼《かれ》は境界《きょうかい》で失速した。

家は男を解放《かいほう》しない。つまりこれは、現在《げんざい》のところ、家には韮崎以外に生きている人間はいないということになる。

ぼくは呼吸《こきゅう》を整えてからいった。

「あなたはここから出られない。その意味がわかりますか？　ぼくはあなたなんか恐《こわ》くもなんともないんですよ。檻《おり》の中の猿《さる》と一緒《いっしょ》でしょ。あなたはすでに捕《と》らえられているも同然なんですよ、韮崎進さん」

実名が判明《はんめい》していることを強調されるのは、今の韮崎にとってかなりの重圧《じゅうあつ》なはずだ。

「あなたのことは、名前以外にもいろいろ調べていますから、何でもできますよ。自宅《じたく》の住所もわかっているし、勤務先《きんむさき》の高校もわかる」

何でもできるよ、とぼくは繰《く》り返《かえ》す。

「物騒《ぶっそう》な連中に声をかけて、あなたを袋叩《ふくろだた》きにしてここから引きずり出すこともできる」

ふいに韮崎進はしおれた。つまらなそうに地面を眺《なが》める。自分が追《お》い詰《つ》められていることをようやく自覚したのだろう。

ぼくはそこで相好《そうごう》を崩《くず》した。

「でも、ぼくはそういうことはしたくない。平和的に取引しましょう」

韮崎は顔をあげた。ぼくはしかるべき間を置いてからいった。

「ぼくがあなたの代わりにそこに入る。あなたはその家から出て元の生活に戻《もど》る。まあ、完全に元の通りの生活ではないでしょうが、どうですか？　あなたの容疑《ようぎ》は奥《おく》さんだけです。うまく言《い》い訳《わけ》をするなり、どこか遠くで人生をやり直すなりすればいい。捕《つか》まらないかどうかまでは保証《ほしょう》できませんが、ここを出たらすぐに逮捕《たいほ》ということもないでしょうし、本当にやましいところがないなら問題ないでしょう。今年の九月に、福島県の例の場所に行きますから、そこで交代しませんか」

自分と交代した男が殺人を犯《おか》している可能性《かのうせい》を知ったとき、ぼくの心に湧《わ》き上《あ》がったのは、自責《じせき》の念だけではなかった。

世界でただ一つの仙人《せんにん》のステータスを得られる奇跡《きせき》の家を、俗悪《ぞくあく》な犯罪《はんざい》に使われたことに対する怒《いか》り。自分以外の人間がこの家に住むことへの嫉妬《しっと》。

失ってはじめて気がつくことがある。

ぼくはこの家を愛していたのだ。

「勝手すぎるよ」

「あなたにとって、悪くない話だと思いますけどね。絶対《ぜったい》の約束が二つ。九月に、福島県の海沿《うみぞ》いにある林に家が現《あらわ》れるまで、誰《だれ》がここに訪《おとず》れても一人も殺さない。不自然に人が消えれば、報道《ほうどう》もされるし、こちらはそれを見過《みす》ごしませんから」

ぼくは韮崎進のへこんだ表情《ひょうじょう》を注意深く観察しながら続ける。

「もう一つは、九月に家から出たあとは、この家のことは全て忘《わす》れること」

韮崎は不服そうに、ここはもう自分の家なんだよといったが、ぼくは無視《むし》した。

「別にいいんですよ。嫌《いや》なら。明日にでも友人連中に声をかけて、あなたを引きずりだして、警察《けいさつ》に引《ひ》っ張《ぱ》っていって終わりだ。あなたはおしまい。考えてみればそっちがてっとり早いですかね」

「何でそんなことするの？　証拠《しょうこ》もないのに？」

「腐臭《ふしゅう》がしますよ。あのね、もう一度よく聞いてくださいよ、ぼくにはあなたの犯罪《はんざい》など、どうでもいいことなんですよ。関わりたくもない。ただこの家が汚《よご》されるのが嫌《いや》なんです。ここはね、あなたのような腐《くさ》った人間の住むところではないんですよ。やはり、ふさわしい人間でないとね。気まぐれであなたに渡《わた》してしまいましたが、本来、正式にここを受《う》け継《つ》いだのはあなたではなくぼくですから。あなたは九月に下界に戻《もど》って、逃《に》げるなり自首するなり、家族を作るなりしてください。何もやましいことがないなら堂々としていられるでしょう。今みたいなことがしたいのなら、どこかよそでやってください」

葦崎は嗚咽《おえつ》しはじめ、泣きながら地面を蹴《け》っていたが、ふと顔をあげた。

「わかったよ。いいや、それで。今度は、立場は逆《ぎゃく》になるんだよね。人を檻《おり》の中の猿呼《さるよ》ばわりしてまあ、自分から檻《おり》に入ると。はいはい。あんたの好きなように。じゃあ、交代しましょう。別に九月まで待たなくていいよ。するなら今交代しましょう」

「今」

決して何一つ諦《あきら》めてはいないだろうと感じさせる葦崎の眼差《まなざ》しに宿った意志《いし》の光に、ぼくは戸惑《とまど》いをおぼえた。

今、中に入るのは明らかに危険《きけん》だ。葦崎に飛《と》び掛《か》かられて、殺す殺されるの格闘《かくとう》になる可能性《かのうせい》は高い。全く信用できない。

だが信用といえば、ここでうまく、もしくは九月に恙無《つつがな》く交代ができたのならそれで安《あん》泰《たい》なのか？

韮崎のいう通り、立場は逆《ぎゃく》になるのだ。韮崎は外に出たならさっそく銃《じゅう》を持ってきて、境界越《きょうかいご》しに射撃《しゃげき》してくるのではないか？　毒を盛《も》った食べ物を誰《だれ》かに差し入れさせるのではないか？

あり得るというよりむしろ、ほぼ確実《かくじつ》にそうなる気がする。

では、どうすればいいのだ？

「おいおい、何をうだうだやってんだ」韮崎が苛立《いらだ》った声をあげた。「あんたのいう通りにするっていってんでしょ。もしもおし、何が不満なんですかあ。何にもしませんからとっととこっちに来てくださあい。やれやれ家があれば人に押《お》し付《つ》けて、なくなれば、やっぱりぼくの、ううんでもやっぱりこわい。この小心者の自己中傲慢優柔不断野郎《じこちゅうごうまんゆうじゅうふだんやろう》が。あんた学生時代みんなに嫌《きら》われるタイプだったでしょ、ねえちがう？」

殺そう。

韮崎の挑発《ちょうはつ》を無視《むし》してぼくは決意した。仕方のないことだ。この男を殺さなくては家を取《と》り戻《もど》しても平穏《へいおん》などない。

「韮崎進さん。わかりました。では譲《ゆず》ってくれるということですね。準備《じゅんび》もありますからやはり今年の九月の例の場所にしましょう」

九月までに銃《じゅう》を手に入れよう。多少の危険《きけん》は冒《おか》してもいい。真剣《しんけん》に求めれば入手ルートもあるだろう。

舌打《したう》ちした韮崎に微笑《ほほえ》んでみせる。

「それでは話がまとまった印に日本地図の掛《か》け軸《じく》を今、ここに持ってきて渡《わた》してください。半年後にここを出るあなたには必要ないでしょうし、こちらはそれであなたの動向を観察します」

韮崎は肩《かた》を落として縁側《えんがわ》に戻《もど》っていった。障子《しょうじ》を開いたときに、灰色《はいいろ》の人の足が見えた。壁《かべ》や柱に血が飛び散っている。出てくるときには部屋を見せないようにしていたが、もはや隠《かく》すつもりもないようだった。

隙間《すきま》から無造作《むぞうさ》にのぞいた足（足首の細さからおそらくは女性《じょせい》）には鉄輪と鎖《くさり》がついていた。

鉄輪と鎖《くさり》は鳥小屋の近くに転がっていたことを思い出す。奴《やつ》はそれで、ここに誘《さそ》いこんだ人間をつないだのだ。そして気晴らしに痛《いた》めつけながら犬のように飼《か》った。

二人いれば片方《かたほう》は外に出られるという法則《ほうそく》。一人を生かしたまま鎖《くさり》でつないで閉《と》じ込《こ》めておけば、自分は自在《じざい》に外に出て、買い物だってできる。

奴《やつ》が飛《と》び掛《か》かってきて境界《きょうかい》で失速したとき、違和感《いわかん》があった。敷地内《しきちない》に一人しかいない場合は出られないことはよくわかっているだろうに、と思ったのだ。だが奴《やつ》にとっては必ずしもそうでなかった。

運よくつながれていた人間が死んでいたのだ。場合によっては昨日か一昨日までは生きていたのかもしれない。


しかし酷《ひど》い。通常《つうじょう》は思いついても実行しないものだ。こんなことを平気で行う人間を果たして九月まで泳がせていていいのだろうか。約束だって守るはずがない。この先だって奴《やつ》は人が入ればつないで監禁《かんきん》し、一定時間なら外に出ることができるのだ。

事態《じたい》はもっと差《さ》し迫《せま》っているのではないか。

気がつけば、ごく自然にポケットからナイフを取り出して構《かま》えていた。胸《むね》の内にあたたかい夢想《むそう》が湧《わ》き上《あ》がった。

九月の福島県、山ほどの荷物を持っていこう。衣類と千冊《さつ》の本を持《も》ち込《こ》むのだ。もちろん、一年分の食料も。庭いっぱいに鉢植《はちう》えを置き、四季折々に咲《さ》く花を育てる。鳥小屋には鸚鵡《おうむ》をいれよう。訪《おとず》れたものがうっとりとして眺《なが》めるような自慢《じまん》の庭を造《つく》るのだ。前から興味《きょうみ》のあったバイオリンの練習でもはじめてみよう。近所など気にせず音が出せる。

そして巡《めぐ》る季節に、一年に一度だけ会う人たちの人脈を作る。犬は二匹飼《ひきか》うことにしよう。本気で住むとなればすることはたくさんある。今の自宅《じたく》を処分《しょぶん》したり、必要なもののリストを作ったり。もう会社勤《づと》めなどしなくていい。何も悩《なや》まなくていい。

すっきりと自分がしなくてはならないことがわかった。家のため、社会のため、過去《かこ》の被害者《ひがいしゃ》と未来の被害者《ひがいしゃ》のため、なにより自分のため。

センジさんはぼくの来訪《らいほう》を待っていた。行き当たりばったりで渡《わた》したのではない。ぼくはきっと不思議な力で後継者《こうけいしゃ》として選ばれているのだ。そして今からすることもきっと役《やく》割《わり》の一部。

韮崎が縁側《えんがわ》に顔を出した。

ぼくは身を低くすると、刃物《はもの》を構《かま》えたまま土を蹴《け》った。

境界《きょうかい》を越《こ》え突進《とっしん》する。

韮崎はなぜか手桶《ておけ》を持っていた。

かまわず刃物《はもの》を突《つ》きだし、体当たりをする。一切《いっさい》の躊躇《ちゅうちょ》はなく、確《たし》かな手応《てごた》えがあった。

韮崎は屋内に吹《ふ》き飛《と》び、死体の足に引っかかって派手《はで》に転ぶと柱にぶつかり尻餅《しりもち》をついた。

韮崎の胸《むね》から刃物《はもの》の柄《え》が飛び出ているのを一瞥《いちべつ》すると、すばやく境界《きょうかい》に向けて走った。

彼《かれ》が死ぬ前に戻《もど》らなくては、閉《と》じ込《こ》められてしまう。

安全な領域《りょういき》に飛び出してから家の方を振《ふ》り向《む》く。

妙《みょう》に家が明るかった。屋内をさっと炎《ほのお》が走るのが見えた。彼《かれ》が手にしていた手桶《ておけ》に灯油が入っていたこと、それがぼくの体当たりで転がり、あたりに灯油をぶちまけてしまったことを瞬時《しゅんじ》に悟《さと》った。

韮崎は掛《か》け軸《じく》をとりに部屋に入ったところで土間にあった灯油缶《かん》を見て、これを境界《きょうかい》の向こうのぼくに浴びせかけようと思いつき、手桶《ておけ》に移《うつ》したのだろう。飛び散った灯油に火をつけたのが韮崎なのか、衝撃《しょうげき》で部屋のランプか何かが倒《たお》れて点火してしまったのかはわからない。

敷地《しきち》は炎《ほのお》に照らされ、家の内側はオレンジ色の光に煌々《こうこう》と輝《かがや》いている。灰色《はいいろ》の煙《けむり》が縁側《えんがわ》に漏《も》れ出《で》ると同時に、ぱっと障子《しょうじ》に炎《ほのお》が灯《とも》った。炎《ほのお》は瞬《また》く間《ま》に燃《も》え広《ひろ》がった。藁葺《わらぶ》きの屋根もしばらく煙《けむり》を吐《は》いた後、一気に燃《も》えはじめる。

韮崎はよろめきながら庭に出てきた。ナイフの柄《え》は左胸《ひだりむね》から突《つ》き出《で》たままだ。両目には涙《なみだ》が滲《にじ》み、口《くち》の端《はし》からは涎《よだれ》が垂《た》れていた。女子学生の制服《せいふく》に飛び火した炎《ほのお》をはらいながら、彼《かれ》は幼児《ようじ》めいた奇声《きせい》を発した。

ぼくは炎上《えんじょう》していく家を背《せ》にした韮崎の踊《おど》るような動きを呆然《ぼうぜん》としながら眺《なが》めた。ただじっと見ていることしかできなかった。


庭に忍《しの》び出てきた煙《けむり》は、むくむくと得体の知れない怪物《かいぶつ》のような形になり、韮崎を背後《はいご》から抱《だ》きしめるように包んだ。

韮崎は煙《けむり》に包まれる瞬間《しゅんかん》、恍惚《こうこつ》とした表情《ひょうじょう》を浮《う》かべ、ざまあみろといわんばかりの勝《か》ち誇《ほこ》った表情《ひょうじょう》でぼくを見た。彼《かれ》もまた歪《ゆが》んだ形で家を愛していたのだろう。

そのまま彼《かれ》の姿《すがた》は煙《けむり》の怪物《かいぶつ》の腕《うで》の中に吸《す》い込《こ》まれていった。

嵐《あらし》のような強い風が吹《ふ》く。

火勢《かせい》は強まり、敷地《しきち》全体が煙《けむり》に包まれた。煙《けむり》も火の粉も、敷地《しきち》の外には出て行かない。

煙《けむり》の中では稲光《いなびかり》のような閃光《せんこう》が何度も瞬《またた》き、様々な人ならぬものたちの、わめき声や、泣き声、笑い声、怒声《どせい》が聞こえた。

何かのはずみに境界《きょうかい》に踏《ふ》み込《こ》んでしまえば、とたんに炎《ほのお》の中心に引《ひ》きずり込《こ》まれて自分も焼き殺されるように思えた。

やがて荒《あ》れ狂《くる》う炎《ほのお》と煙《けむり》と灰《はい》は、巨大《きょだい》な蛇《へび》のような姿《すがた》をとり、うねりながら夜空に昇《のぼ》っていった。


どのぐらいそこに立っていただろう。

穏《おだ》やかな春の夜風が吹《ふ》いている。

目の前には公園に続く細い道が開けている。

家のあった場所には何の痕跡《こんせき》も残っていなかった。塵《ちり》も、灰《はい》も、熱すらも残っていない。

ぼくはいつまでも放心して立ちすくんでいた。


それ以後、ぼくは毎年四月になると例の小路《こみち》を歩く。

あの家がどこか幻《まぼろし》の村で再生《さいせい》され、再《ふたた》び日本を巡《めぐ》っているということはないだろうか、と淡《あわ》い期待を抱《いだ》くのだ。

だがいつも期待は裏切《うらぎ》られる。
ぼくはため息をついて例の小路《こみち》を通《とお》り抜《ぬ》けて春の公園にでる。
そうして、池に面するベンチに座《すわ》り、物思いにふけるのだ。

SEVEN ROOMS

乙《おつ》一《いち》

一日目・土曜日

その部屋で目が覚めたとき、自分がどこにいるのかわからなくて怖《こわ》かった。最初に見えたのはほのかに点《とも》った電球で、黄色く、弱々しい明かりで暗闇《くらやみ》を照らしていた。まわりはコンクリートでできた灰色《はいいろ》の壁《かべ》だった。窓《まど》もない小さな四角形の部屋に、ぼくは横たえられ、気絶《きぜつ》していたらしい。

手で体を支《ささ》えて上半身を起こすと、地面につけた手のひらにコンクリートの無慈悲《むじひ》な硬《かた》さを感じた。まわりを見渡《みわた》していると、頭が割《わ》れるように痛《いた》む。

突然《とつぜん》、ぼくの背後《はいご》でうめき声が上がる。姉がそばに倒《たお》れており、ぼくと同じように頭を押《お》さえている。

「姉ちゃん、大丈夫《だいじょうぶ》?」

体をゆすると、姉は倒《たお》れたまま目を開けてぼくを見た。起きあがり、ぼくと同じような格好《かっこう》でまわりを見る。

「ここはどこ?」

わからない。ぼくは首を横に振《ふ》った。

裸《はだか》の電球が下がっているだけで他には何もない、薄暗《うすぐら》い部屋だった。ぼくたちは、どうやってこの部屋に入ったのか覚えていない。

覚えているのは、郊外《こうがい》にあるデパートの近くの並木道《なみきみち》を、姉といっしょに歩いていたということだけだった。母の買い物がすむまで、姉がぼくの世話をすることになったのだ。それはぼくたち二人にとって不愉快《ふゆかい》なことだった。ぼくはもう十歳《さい》になるのだし、世話がなくても一人でちゃんとできる。姉も、ぼくを放っておいて遊んでいたいようだった。でも、母はぼくたちが別々に行動することをゆるさなかった。

ぼくと姉は険悪《けんあく》な雰囲気《ふんいき》のまま話をせずに遊歩道を歩いていた。道には四角い煉瓦《れんが》が模様《もよう》を描《えが》くように敷《し》き詰《つ》められ、両側に並《なら》んでいる木々は枝《えだ》を広げて天井《てんじょう》を作っていた。

「あんたなんか留守番《るすばん》していればよかったのよ」

「なんだよケチ」

　ぼくと姉はときどき、相手を罵《ののし》る言葉をぶつけあった。姉はもうすぐ高校生だというのに、ぼくと同じレベルで口喧嘩《くちげんか》をする。そもそもそこが変だ。

歩いていると、急に、後ろの茂《しげ》みが音をたてた。振《ふ》り返《かえ》って確《たし》かめる時間もなかった。頭にひどい痛《いた》みが走り、いつのまにかぼくたちは部屋にいた。

「だれかに後ろから殴《なぐ》られたんだ。そして気絶《きぜつ》している間にここへ……」

姉が立ちあがりながら腕時計《うでどけい》を見た。

「もう土曜日になってる……。今、たぶん夜の三時だわ」

腕時計《うでどけい》はアナログ式で、ぼくには触《さわ》らせてくれないほど姉のお気に入りのものだった。銀色の文字盤《もじばん》に小さな窓《まど》があり、そこに今日の曜日が表示《ひょうじ》される。

部屋は縦横《たてよこ》高さが三メートル程度《ていど》あり、ちょうど立方体の形をしていた。飾《かざ》りのない灰《はい》色《いろ》の硬《かた》い表面が、電球の明かりでゆるやかに陰影《いんえい》をつけられている。

鉄製《てつせい》の扉《とびら》がひとつだけあったが、取っ手も何もない。ただの重い鉄の板が、コンクリートの壁《かべ》に埋《う》めこまれているだけに見える。

扉《とびら》の下に、五センチほどの隙間《すきま》がある。そこから、扉《とびら》の向こう側にあるらしい明かりが床《ゆか》に反射《はんしゃ》している。

床《ゆか》に膝《ひざ》をつき、隙間《すきま》から何か見えないかと確《たし》かめる。

「何か見えた?」

期待するような顔でたずねる姉へ、ぼくは首を横に振《ふ》る。

周囲の壁《かべ》や床《ゆか》は、あまり汚《よご》れていない。つい最近、だれかが掃除《そうじ》をしたように、埃《ほこり》さえつもっていない。灰色《はいいろ》の冷たい箱へ閉《と》じ込《こ》められたように思えてくる。

ただひとつの明かりとなる電球は天井《てんじょう》の中央に下がっているため、ぼくと姉が部屋の中を歩き回ると、二つの影《かげ》が四方の壁《かべ》を行ったり来たりする。電球は弱々しく、部屋の隅《すみ》には暗闇《くらやみ》が拭《ぬぐ》えずに吹《ふ》きだまっていた。

ひとつだけ、この四角い部屋に特徴《とくちょう》があった。

床《ゆか》に幅《はば》五十センチほどの溝《みぞ》がある。扉《とびら》のある面を正面だとすると、ちょうど左手の壁《かべ》の下から、右手の壁《かべ》の下まで、床《ゆか》の中央部分をまっすぐ貫《つらぬ》いて通っている。溝《みぞ》には白く濁《にご》った水が左から右へ流れている。異様《いよう》な臭《にお》いを発し、水に触《ふ》れているコンクリート部分は変色しておぞましい色になっている。

姉は扉《とびら》を叩《たた》いて大声を出した。

「だれか!」

返事はない。扉《とびら》は分厚《ぶあつ》くて、叩《たた》いても、びくともしない。重い鉄の塊《かたまり》を叩《たた》いたときに出る、人間の力では壊《こわ》れないという絶対的《ぜったいてき》に無情《むじょう》な音が、部屋の中に反響《はんきょう》するだけだった。ぼくは悲しくなって立ちすくむ。いつになったらここから出られるのだろう。姉の持っていたバッグはなくなっていた。姉は携帯《けいたい》電話を持っていたが、そのバッグの中に入れていたため、母に連絡《れんらく》することもできない。

姉は床《ゆか》に頬《ほお》をついて、扉《とびら》の下の隙間《すきま》に向かって叫《さけ》んだ。全身を震《ふる》わせ、汗《あせ》まみれになって体の奥《おく》から助けを呼《よ》ぶ。

今度は、どこか遠くから声らしいものが聞こえた。ぼくと姉は顔を見合わせた。自分たち以外に、近くにだれかがいる。しかし、その声は判然《はんぜん》とせず、内容《ないよう》までは聞き取れなかった。それでも、ぼくはほっとした。

しばらく、扉《とびら》を叩《たた》いたり、蹴《け》ったりしていたが、無駄《むだ》だった。やがてつかれて、ぼくと姉は寄《よ》り添《そ》って眠《ねむ》った。

朝の八時ごろ、目が覚めた。

眠《ねむ》っている間に、扉《とびら》の下の隙間《すきま》に食パンが一枚《いちまい》と、綺麗《きれい》な水の入った皿が差《さ》し込《こ》まれていた。姉はパンを二つに裂くと、半分をぼくにくれた。

姉は、パンをさしこんでくれた人物のことを気にしていた。もちろん、その人物が、自分たちをここに閉《と》じ込《こ》めたにちがいない。

部屋の中央を貫《つらぬ》いている溝《みぞ》は、ぼくたちが眠《ねむ》っている間も絶《た》え間《ま》なくゆっくりと水が流れている。常《つね》にそこからは物の腐《くさ》ったような臭《にお》いが漂《ただよ》い、ぼくは気持ち悪くなった。虫の屍骸《しがい》や残飯が浮《う》いて、部屋を横切っていく。

ぼくはトイレに行きたくなった。そう姉に告げると、扉《とびら》を一度見て、首を横に振《ふ》った。

「部屋から出してもらえそうにないから、その溝《みぞ》にしなさい」

ぼくと姉は、部屋から出られるのを待った。しかし、いつまでたっても、扉《とびら》が開くことはなかった。

「だれが、どういう目的で私《わたし》たちをこの部屋に閉《と》じ込《こ》めているのだろう」

姉は部屋の隅《すみ》に座《すわ》ってつぶやいた。溝《みぞ》を挟《はさ》んで、ぼくも同じように腰《こし》を落ちつける。灰《はい》色《いろ》のコンクリートの壁《かべ》に、電球のつくる明かりと影《かげ》。姉の疲《つか》れた顔を見て悲しくなった。早くこの部屋から出ていきたかった。

姉は扉《とびら》の下の隙間《すきま》に叫《さけ》んだ。どこからか人の返事が聞こえる。

「やっぱり、だれかいる」

しかし、反響《はんきょう》して何と言っているのかわからない。

食事はどうやら朝だけらしく、その日、もう運ばれてくることはなかった。空腹《くうふく》を姉に訴《うった》えると、それくらいがまんしなさい、と怒《おこ》られた。

窓《まど》がないのでよくわからなかったが、時計を見ると夕方の六時ごろだった。扉《とびら》の向こう側から、こちらに近付いてくる足音が聞こえた。

部屋の隅《すみ》に座《すわ》っていた姉が、ぱっと顔を上げる。ぼくは扉《とびら》から距離《きょり》をとった。

足音が近づいてくる。ついにぼくたちの閉《と》じ込《こ》められているこの部屋に、だれかがやって来るのだと思った。そしてその人物は、なぜぼくたちにこんなことをするのか説明してくれるに違《ちが》いない。ぼくと姉は、息を呑《の》んで扉《とびら》が開かれるのを待った。

しかし、予想に反して足音は部屋の前を通りすぎた。拍子抜《ひょうしぬ》けした顔で姉が扉《とびら》に近づき、下の隙間《すきま》に向かって声を出す。

「待って！」

足音の人物は、姉を無視《むし》して行ってしまった。

「……ぼくたちをここから出す気なんて、ないんじゃない？」

ぼくは怖《こわ》くなって言った。

「そんなはずないわ……」

姉はそう言ったが、それが口だけだということは、顔でわかった。

部屋の中で目がさめて、丸一日がたった。

その間、隙間《すきま》の向こうから、重い扉《とびら》の開閉《かいへい》する音や、機械の音、人の声らしい音、靴音《くつおと》などが聞こえた。でも、それらはすべて壁《かべ》に反響《はんきょう》してはっきりとせず、どれも巨大《きょだい》な動物の唸《うな》り声《ごえ》のように空気を震《ふる》わせているだけに聞こえた。

ぼくと姉のいる部屋は、一度も開けられることはなく、ぼくたちはまた寄《よ》り添《そ》って眠《ねむ》りについた。

●二日目・日曜日

目が覚めると、扉《とびら》の下の隙間《すきま》に食パンがあった。水の入った皿はない。昨日、差《さ》し込《こ》まれた皿は、部屋に置いたままだった。それを隙間《すきま》から出しておかなかったから水がもらえなかったのではないかと姉は推測《すいそく》していた。

「忌々《いまいま》しい！」

姉は悔《くや》しそうに言うと、皿を振《ふ》り上《あ》げた。床《ゆか》に叩《たた》きつけようとして、とどまる。壊《こわ》すと、もう二度と水をくれなくなるかもしれない。そう考えたのだろう。

「なんとかしてここから出なくちゃいけない」

「でも、どうやって……？」

弱々しくたずねるぼくに、姉が視線《しせん》を注ぐ。次に、部屋の床《ゆか》を貫《つらぬ》いている溝《みぞ》を見た。

「この溝《みぞ》は、きっと私《わたし》たちのトイレのかわりなんだ……」

溝《みぞ》の幅《はば》は五十センチ、深さは三十センチくらいだ。片方《かたほう》の壁《かべ》の下から出て、もう片方《かたほう》の壁《かべ》の下に吸《す》いこまれている。

「私《わたし》が通るには小さすぎる」

でも、ぼくなら通《とお》り抜《ぬ》けられるにちがいない。そう姉は言った。

姉のはめていた腕時計《うでどけい》で、お昼ごろだというのがわかった。

ぼくは姉の言う通り、溝《みぞ》の中をくぐって部屋の外へ行くことになった。そうやってこの建物の外に出ることができれば、だれかに助けを求めることができるはずだ。もし外へ出ることができなくても、とにかく周囲のことをなんでもいいから知りたい。そう姉は考えていた。

でも、ぼくは乗り気じゃなかった。

溝《みぞ》の中に入ろうと、ぼくはパンツだけになる。そこで、やっぱりひるんだ。溝《みぞ》を流れている濁《にご》った水にもぐらなければいけないというのが、つらかった。姉も、ぼくの気持ちがわかったらしい。

「おねがい、がまんして！」

躊躇《ためら》いながら、溝《みぞ》の中に足を入れた。浅い。足の裏側《うらがわ》は、すぐに底へついた。ぬるぬるして、すべりやすい。深さは膝《ひざ》の下くらいしかない。

壁《かべ》の中に吸《す》い込《こ》まれる溝《みぞ》の口は、横に細長い四角形で、暗い穴《あな》になっている。小さかったが、ぼくなら通れるはずだった。ぼくはクラスの中で、一番、体が小さい。

溝《みぞ》が壁《かべ》の中で四角いトンネルのように続いている。水面に顔を近づけて、先がどうなっているのか見ようとした。そうした拍子《ひょうし》に、ぷんと悪臭《あくしゅう》が鼻をつく。溝《みぞ》のトンネルがその先どうなっているのかは、よくわからなかった。実際《じっさい》にもぐってみるしかない。

壁《かべ》の中に続くトンネルの中で体が引っかかったら、戻《もど》ることができなくて危《あぶ》ないかもしれない。そう考えて、姉はぼくの服の上下と二人分のベルトを繋《つな》いでロープを作っていた。それを靴紐《くつひも》でぼくの片足《かたあし》に結びつけ、危《あぶ》なそうだったら引《ひ》っ張《ぱ》ってぼくを助けるという計画だった。

「どっちに行けばいいの？」

ぼくは、左右の壁《かべ》を見て姉に尋《たず》ねた。溝《みぞ》を流れる水流の上流側と下流側、二つの穴《あな》が左右の壁《かべ》の中央下部にあいている。

「好きな方を選びなさい。でも、どこまでもトンネルが続いてそうだったら、すぐに戻《もど》ってくるのよ」

ぼくはまず上流の方を選んだ。つまり、扉《とびら》のある壁《かべ》を正面としたとき、左手の方にある四角い穴《あな》だ。壁《かべ》の近くまで行って、溝《みぞ》の水流に体を沈《しず》める。汚《よご》れた水が足の方から徐々《じょじょ》に体を覆《おお》っていく。まるで細かい虫が全身を這《は》い進み、蝕《むしば》んでいくような気持ちだった。息をとめ、しっかり目を閉《と》じ、水の流れ出てくる壁《かべ》の四角い穴《あな》に頭から飛《と》び込《こ》んだ。狭《せま》く、天井《てんじょう》は低い。腹《はら》ばいになったぼくの後頭部をトンネルの天井《てんじょう》が打つ。

コンクリートの四角いトンネルを、ぼくの体がぎりぎりで通りぬける。針《はり》の穴《あな》に糸を通すようなものだった。水の流れはそれほど速くないので、逆行《ぎゃっこう》することはかんたんだった。

幸い、二メートルほど水の流れるトンネルを腹《はら》ばいに進んだところで、それまでぼくの頭や背中《せなか》にあたっていた天井《てんじょう》の感触《かんしょく》が消えた。溝《みぞ》がどこか広い空間に出たのだと思い、ぼくは水から顔をあげて立ちあがった。

悲鳴が聞こえた。

汚《よご》れた水が目の中に入るのがいやだったけど、ぼくは目を開けた。一瞬《いっしゅん》、もといた部屋に戻《もど》ってきたのかと思った。先ほどとまったく同じ、そこは周囲を灰色《はいいろ》のコンクリートに囲まれた小さな部屋だった。それに、溝《みぞ》はさらにまっすぐ床《ゆか》の中央を貫《つらぬ》いて続いている。

ぼくは溝《みぞ》の上流のトンネルに飛びこみ、下流のトンネルから出てきてしまったのだと思った。

しかし違《ちが》った。姉のかわりに、別の人間がいた。姉よりも少し年上くらいに見える若《わか》い女の人で、見たことのない顔だ。

「あなたはだれ⁉」

彼女《かのじょ》はそう叫《さけ》び、怖《こわ》がるようにぼくから遠ざかる。

ぼくと姉のいた部屋から上流の方向へ溝《みぞ》の中を進むと、そこもまた同じつくりの部屋で、人が閉《と》じ込《こ》められていた。何から何まで同じで、溝《みぞ》もさらに先へ続いていた。しかも、そのひと部屋だけではなかったのだ。

ぼくは、戸惑《とまど》っている女の人に、溝《みぞ》の下流側の部屋に姉と閉《と》じ込《こ》められていることを説明した。それからさらに、足に結んでいたロープを外して上流の方へ向かうことにした。

その結果、さらに二つのまったく同じコンクリート製《せい》の部屋があった。

つまり、ぼくと姉のいた部屋から溝《みぞ》を遡《さかのぼ》ると、三つの部屋があったわけである。

どの部屋も、一人ずつ人間が入れられていた。

最初の部屋には若《わか》い女の人。

その次の部屋には髪《かみ》の長い女の人。

一番、上流にある部屋には、髪《かみ》を赤く染《そ》めた女の人。

みんな、わけもわからず閉《と》じ込《こ》められていた。大人ばかりで、子供なのはぼくと姉だけだった。姉はともかく、ぼくはまだ体も小さいので、姉弟《してい》でセットにされて部屋に入れられたのだろう。ぼくは一人分として数えられなかったのだ。

赤く髪《かみ》を染《そ》めた女の人がいた部屋から先には、溝《みぞ》に鉄柵《てっさく》がしてあって進めなくなっていた。ぼくはもとの部屋に戻《もど》ると、全部、姉に説明した。

ぼくの体は、乾《かわ》いても臭《にお》いがとれなかった。体を洗《あら》う水もない。そのため、部屋はより臭《くさ》くなったが、姉は不満を言わなかった。

「私《わたし》たちがいるのは、上流側から数えて四つ目の部屋ということね?」

つぶやきながら、何か考えていた。

部屋はたくさん連《つら》なっていたのだ。そしてそれぞれ人が閉《と》じ込《こ》められている。それがぼくには驚《おどろ》きだった。心強い気もした。同じ状況《じょうきょう》の人が大勢《おおぜい》いるというのは、慰《なぐさ》められているようだった。

それに、みんなぼくを見て、最初は戸惑《とまど》っていたが、やがて顔を輝《かがや》かせた。これまで何日も閉《と》じ込《こ》められていて、みんな、他人というのを見ていなかったらしい。扉《とびら》を開けられることもなく、自分が今、どんな状況《じょうきょう》なのか、壁《かべ》の向こう側がどうなっているのかも知らなかったのだ。だれも、溝《みぞ》をくぐれるような小さな体を持っておらず、どうすることもできなかった。

ぼくが溝《みぞ》にもぐって部屋を立ち去ろうとすると、またここに戻《もど》ってきて何を見たのか説明するようにとみんな懇願《こんがん》した。

だれが自分たちを閉《と》じ込《こ》めているのか、みんな知らないのだ。だから、自分はどんな場所に閉《と》じ込《こ》められているのか、自分はいつ外に出られるのかということを知りたがっていた。

姉に上流の様子を報告《ほうこく》した後、今度は溝《みぞ》の中を下流の方向へ向かった。そこもまた、上流側がそうだったように、コンクリートの薄暗《うすぐら》い部屋が連なっていた。

下流へ向かって最初の一部屋目は、他の部屋と同じ状況《じょうきょう》だった。姉と同じくらいの年齢《ねんれい》に見える女の人が閉《と》じ込《こ》められていた。ぼくを見ると驚《おどろ》き、説明を聞くとやがて顔を輝《かがや》かせた。やはり、みんなと同じように部屋へつれてこられ、わけもわからず閉《と》じ込《こ》められているそうだった。

さらにその部屋から下流へ向かった。

また四角い部屋に出た。しかし、今度は様子が違《ちが》っていた。つくりは他の部屋とまったく同じだったが、人がいなかった。空っぽの空間に、電球の明かりだけが弱々しく灰色《はいいろ》の箱の中を照らしている。これまでに見た部屋にはかならず人がいたため、部屋にだれもいないというのが不思議な感じだった。

溝《みぞ》はまだ先へ続いている。

空っぽの部屋から、もうひとつ先へ進む。足のロープを持ってくれる人はいなかったけど、気にしなかった。どうせまた下流にも小部屋が並《なら》んでいるのだろうと思い、ロープは姉の部屋に置いてきていた。

ぼくと姉のいた部屋から下流へ三つ目の部屋に、母と同じくらいの年齢《ねんれい》に見える女性《じょせい》がいた。

溝《みぞ》から立ちあがるぼくを見ても、彼女《かのじょ》はさほど驚《おどろ》かなかった。彼女《かのじょ》の様子がおかしいことはすぐにわかった。

やつれて、部屋の隅《すみ》にうずくまり、震《ふる》えている。母と同じくらいの年齢《ねんれい》に見えたのは間《ま》違《ちが》いで、本当はもっと若《わか》いのかもしれない。

ぼくは溝《みぞ》の先を見た。壁《かべ》の下の四角い穴《あな》に鉄柵《てっさく》があり、そこから先には行けないようになっている。どうやら下流の終着点らしい。

「あの、大丈夫《だいじょうぶ》ですか……?」

ぼくは気になって、女の人に声をかけた。彼女《かのじょ》は肩《かた》を震《ふる》わせた。恐怖《きょうふ》の眼差《まなざ》しで、水の滴《したた》っているぼくを見つめる。

「……だれ?」

魂《たましい》のほとんど抜《ぬ》けきった力のないかすれた声だった。

他の部屋にいた人の様子と、あきらかに違《ちが》う。髪《かみ》はぼさぼさになり、抜《ぬ》け落《お》ちた毛がコンクリートの床《ゆか》に散らばっていた。顔や手が汗《あせ》で汚《よご》れている。目や頬《ほお》が落《お》ち窪《くぼ》み、骸骨《がいこつ》のように見える。

ぼくは彼女《かのじょ》に、自分が何者で、何をしているのかを説明した。彼女《かのじょ》の暗かった瞳《ひとみ》の中に、光が点《とも》ったように感じた。

「じゃあ、この溝《みぞ》の上流に、まだ生きた人間がいるのね⁉」

生きた人間？　ぼくは彼女《かのじょ》の話がうまく理解《りかい》できなかった。

「あなただって見たでしょう？　見なかったはずがないわ！　毎日、午後六時になると、この溝《みぞ》を死体が流れていくのを……！」

ぼくは姉のもとに戻《もど》って、まずは溝《みぞ》の先がどうなっていたのかを説明した。

「全部で部屋は七つ連なっていたのね……」

姉はそう言うと、ぼくがいろいろなことを説明しやすいように、それぞれの部屋に番号を割《わ》り振《ふ》った。上流の方から順番に番号をつけると、ぼくと姉のいる部屋は四番目、そしてあの最後の部屋にいた女の人は七番目の部屋にいたことになる。

それからぼくは、七番目の部屋の女性《じょせい》が言ったことを姉に説明するべきかどうか迷《まよ》った。

まに受けて話をすると、ばかげていると思われるかもしれない。そうしているうちに、何かを躊躇《ためら》っていることが姉に気づかれたらしい。

「まだ何かあるの？」

ぼくはおそるおそる、七番目の部屋の女性《じょせい》が言ったことを姉に話した。

あのやつれきった女性《じょせい》が言うには、毎晩《まいばん》、決まった時刻《じこく》になると、溝《みぞ》を死体が流れてくそうだ。上流から下流へ、水に乗ってゆっくりと漂《ただよ》って部屋を通《とお》り過《す》ぎるという。

なぜ、それらの死体が、溝《みぞ》の狭《せま》いトンネルをくぐれるのか、ぼくは話を聞いていて不思議に思った。そもそも七番目の部屋を通る溝《みぞ》の下流側には鉄柵《てっさく》がはまっていて、先に行けないようになっているのだ。死体が流れてくれば、引っかかるはずである。

しかし、やつれた女性《じょせい》は言った。

流れてくる死体はどれも、鉄柵《てっさく》の隙間《すきま》を通《とお》り抜《ぬ》けられるほどに細かく切《き》り刻《きざ》まれているのだそうだ。だから、たまに柵《さく》へひっかかる程度《ていど》で、ほとんどは部屋を通《とお》り過《す》ぎて、流れ去ってしまうという。彼女《かのじょ》は部屋に閉《と》じ込《こ》められた日から毎晩《まいばん》、死体の破片《はへん》が水に浮《う》いて横切っていくのを見るのだそうだ。

姉は話を聞いている間、目を大きく広げてぼくを見ていた。

「昨夜も見たって?」

「うん……」

ぼくたちは昨日、死体が溝《みぞ》を流れるのに気づかなかった。いや、気づかないなんてことがあるだろうか。夕方六時には、たしかまだぼくたちは起きていた。溝《みぞ》は部屋のどの位置にいても目につく。何かおかしなものが浮《う》いていれば、不思議に思わないはずがない。

「上流にいた三つの部屋の人も、そんなことを言ってた?」

ぼくは首を横に振《ふ》った。死体の話なんてしたのは、七番目の部屋にいた、やつれた女性《じょせい》だけだ。彼女《かのじょ》だけが、幻覚《げんかく》でも見ていたのだろうか。

しかしぼくには、彼女《かのじょ》の顔が忘《わす》れられなかった。頰《ほお》がこけて、目の下にくまを作り、すでに死んでしまった人のように目が暗かった。心底、何かにおびえている人の表情《ひょうじょう》だったのだ。他の部屋に閉《と》じ込《こ》められている人とあのやつれた女性《じょせい》とでは、どこかがあきらかに違《ちが》っていた。彼女《かのじょ》は何か特別な悪い体験をしているに違《ちが》いないと思った。

「その話、本当だと思う?」

姉に尋《たず》ねると、わからない、というふうに首を振《ふ》った。ぼくは不安でしかたなかった。

「……時間がくれば、きっとわかるわよ」

ぼくと姉は部屋の壁《かべ》に体を預《あず》けて座《すわ》りこみ、姉の腕《うで》に巻《ま》かれている時計で午後六時になるのを待った。

やがて、腕時計《うでどけい》の長針《ちょうしん》と短針《たんしん》が一直線に並《なら》び、『12』と『6』を結ぶ。銀色の針《はり》は部屋の電球の光を反射《はんしゃ》して、時間がきたことを告げた。ぼくと姉は、息をつめて溝《みぞ》を見つめた。

扉《とびら》の向こう側に、だれかの行き来する気配がある。ぼくと姉はその気配にそわそわさせられた。聞こえる足音と、この時刻《じこく》であることとの間に、何か関係があるのだろうか。しかし、声をかけても無駄《むだ》だと思ったのか、姉は扉《とびら》の下の隙間《すきま》から歩いている人物に呼《よ》びかけたりはしなかった。

どこか遠くで機械の唸《うな》る音が聞こえる。でも死体なんて流れてこなかった。ただ、濁《にご》った水に無数の死んだ羽虫が浮《う》いているだけだった。

●三日目・月曜日

目が覚めると朝の七時だった。扉《とびら》の下の隙間《すきま》に、食事の食パンが差《さ》し込《こ》まれている。一日目の食事以来、部屋に置いたままになっていた水の入っていた皿は、昨日、隙間《すきま》から外に出しておいた。それがよかったのか、今日は水がもらえた。おそらくぼくたちをここに閉《と》じ込《こ》めている人物は、朝食のパンをみんなに配る際《さい》、水の入ったヤカンをいっしょに持ち歩いているのだろう。一枚《いちまい》ずつ食パンを隙間《すきま》へ差《さ》し込《こ》むたび、扉《とびら》の下から出された皿の中へ水を入れていく。顔も知らないその人物がそうして七つの扉《とびら》の前を歩いている場面を、ぼくは想像《そうぞう》した。

姉が食パンを二つに裂《さ》き、大きな方をぼくにくれた。

「お願いがあるわ」

姉は、またぼくに溝《みぞ》の中を移動《いどう》してみんなに話を聞いてきてほしいと言った。ぼくは二度と溝《みぞ》にもぐるのはいやだったが、そうしないならその食パンを返せと姉が言うので、従《したが》うことにした。

「みんなに聞くことは二つあるわ。何日前に閉《と》じ込《こ》められたのかということと、溝《みぞ》の中を死体が流れるのを見たかどうか。以上のことをたずねてきてちょうだい」

ぼくはそうした。

まずは上流の三つの部屋へ向かう。

ぼくの顔を見ると、みんな、ほっとした表情《ひょうじょう》になった。姉に頼《たの》まれた質問《しつもん》をみんなにした。

窓《まど》も何もない空間なので、自分がどれくらいの間ここにいるのかを知ることは難《むずか》しそうに思えた。しかし、それぞれ何日間ここに閉《と》じ込《こ》められているのかを把握《はあく》していた。時計をもっていない人もいたが、食事が一日に一回、運ばれてくるため、その回数を数えていればいいのだ。

次に下流へ向かう。そこでおかしなことになっていた。

五番目の部屋は昨日通り、若《わか》い女の人がいた。

しかし、昨日、空っぽだった六番目の部屋には、はじめて見る女の人が入っていた。彼女《かのじょ》は、溝《みぞ》の中から現《あらわ》れたぼくを見ると悲鳴をあげ、泣《な》き叫《さけ》んだ。ぼくを怪物《かいぶつ》のように思ったらしく、説明するのに手間取った。ぼくもここに閉《と》じ込《こ》められていて、体が小さいために溝《みぞ》の中を移動《いどう》できるのだということを説明すると、理解《りかい》してもらえた。

彼女《かのじょ》は昨日、気づくとこの部屋の中にいたらしい。土手をジョギングしていたのだが、道に駐車《ちゅうしゃ》している白いワゴン車の脇《わき》を通りすぎた瞬間《しゅんかん》、頭を何かで殴《なぐ》られて、気を失ったのだそうだ。まだ殴《なぐ》られたところが痛《いた》むのか、彼女《かのじょ》は頭を押《お》さえていた。

ぼくは七番目の部屋へ向かった。そこでもまた、考えていなかったことが起きた。

昨日はやつれた女性《じょせい》がその部屋にいて、溝《みぞ》を死体が流れていくと話していた。しかし、その女性《じょせい》がどこにもいない。部屋の中から消えて、ただコンクリートの無表情《むひょうじょう》な冷たい空間があるだけだった。電球が空っぽを照らしていた。

不思議なことに、昨日、ここへきたときよりも部屋の中が綺麗《きれい》な気がした。人間が閉《と》じ込《こ》められていたという気配があまりない。壁《かべ》や床《ゆか》には少しも汚《よご》れた様子がなく、平らな灰《はい》色《いろ》の表面にただ電球の作る明るい部分と暗い部分があるだけだった。

昨日、ぼくがここで見た女性《じょせい》は錯覚《さっかく》だったのだろうか。それとも、部屋を間違《まちが》えているのだろうか。

四番目の部屋に戻《もど》り、見聞きしたことをすべて姉に説明した。

姉がぼくの口を使って言わせた一つ目の質問《しつもん》には、みんなそれぞればらばらな答えが返ってきた。

一番目の部屋にいた髪《かみ》を染《そ》めた女の人は、閉《と》じ込《こ》められた状態《じょうたい》で今日、六日目を迎《むか》えたそうだ。六回、食事を与《あた》えられたので間違《まちが》いないという。

二番目の部屋にいた女の人は五日目、三番目の部屋の女性《じょせい》は四日目、そして四番目の部屋にいるぼくと姉は、部屋で目覚めて三日目だ。

さらに下流にある五番目の部屋の女性《じょせい》は二日目。そして昨夜、部屋の中で目覚めたという女の人は、今朝の食事がはじめてだったので、一日目だ。

七番目の部屋にいた人は、何日間、閉《と》じ込《こ》められたのだろう。尋《たず》ねる前に消えてしまった。

「……外へ出られたのかな？」

姉に尋《たず》ねると、わからない、という答えが返ってきた。

二つ目の『死体が流れていくのを見たことがあるか』という質問《しつもん》に対しては、だれもが首を横に振《ふ》った。溝《みぞ》を流れる死体なんて見た人間は、だれもいなかったのだ。それどころか、ぼくの質問《しつもん》を聞いた瞬間《しゅんかん》、不安そうな顔をした。

「なんでそんな質問《しつもん》をするの？」

どの部屋の女の人も、そう問い返した。ぼくが何か特別な情報《じょうほう》を持っていてそんな質問《しつもん》をしているのだと思ったようだった。それは実際《じっさい》にその通りなのだ。みんなはぼくのように他の部屋の情報《じょうほう》を知ることができない。だから、いろいろなことを想像《そうぞう》するしかない。ただ閉《と》じられた空間の中で、壁《かべ》の向こう側はＴＶ局や遊園地なのかもしれないと思《おも》い巡《めぐ》らして時間をつぶすしかないのだ。

「後で説明します……」

ぼくは、早くみんなに質問《しつもん》してまわりたくて、そう短く切り上げた。

「だめ、ここは通さないから。それともあなた、ここにわたしを閉《と》じ込《こ》めている人の仲間なの？　他にも部屋があって人が閉《と》じ込《こ》められているって話、嘘《うそ》なのね？」

一番目の部屋から立ち去ろうとしたとき、その部屋にいた人だけはそう言って溝《みぞ》の中に入ると、下流側の壁《かべ》を背《せ》にして直立した。ちょうど溝《みぞ》のトンネルを足で塞《ふさ》いだ格好《かっこう》になる。そうされるとぼくは帰れなかった。

しかたなく、昨日、七番目の部屋で聞いたことと、姉の命令でみんなに質問《しつもん》してまわっているということなどを話した。彼女《かのじょ》は顔を蒼白《そうはく》にしながら、馬鹿《ばか》ね、そんなはずないじゃない、と言ってぼくに道をあけてくれた。

結局、だれも死体が流れるところを見たことがないということは、やっぱり七番目の部屋にいた人は夢《ゆめ》でも見ていたのだろうか。そうだといい。ぼくはそう思った。

そもそも、七番目の部屋にいたやつれた女性《じょせい》は、毎日、決まった時刻《じこく》に死体が流れていったと言う。でも、これまで何日も閉《と》じ込《こ》められていた上流にいた人たちは、死体なんて見ていないそうだ。わけがわからない。

ぼくはため息をつき、溝《みぞ》の中に入って汚《よご》れた体を、以前に作ったロープで拭《ふ》いた。ぼくの上着やズボンはすべてロープにしてしまい、そのままだったから、これまでずっとパンツだけで過《す》ごしていた。それでも部屋は生暖《なまあたた》かいので、風邪《かぜ》をひくことはなかった。ロープはとくに使い道もないまま、部屋の片隅《かたすみ》に放置して時々ぼくの体を拭《ふ》くタオルのかわりになっていた。

膝《ひざ》を抱《かか》えた状態《じょうたい》で寝転《ねころ》がる。剝《む》き出《だ》しのコンクリートの床《ゆか》は、肋骨《ろっこつ》が硬《かた》い床《ゆか》の表面に当たって寝転《ねころ》がるには痛《いた》かった。でもしかたない。

それから、こんな不確《ふたし》かなわけのわからない情報《じょうほう》も、他の部屋にいるみんなに伝えてまわるべきだと思った。みんな、自分に見える範囲《はんい》のことしか知り得なくて、怖《こわ》がっている。でも、話を聞いてさらにわけがわからなくなるかもしれないと考えると、話していいのかどうか迷《まよ》う。

部屋の隅《すみ》に座《すわ》っている姉が、壁《かべ》と床《ゆか》の境目《さかいめ》あたりを凝視《ぎょうし》していた。ふと、手で何かをつかむ。

「髪《かみ》の毛《け》が落ちてたわ」

姉が、長い髪《かみ》の毛《け》を指先につまんで垂《た》らしながら意外そうに言った。なぜ、あらためてそんなことを言うのか、ぼくにはわからなかった。

「これを見て、この長さ!」

姉は立ちあがり、拾った髪《かみ》の毛《け》の長さを確《たし》かめるように、端《はし》と端《はし》をつまんで掲《かか》げた。

五十センチはあった。

ようやく、ぼくは姉の言いたいことがわかった。ぼくと姉の髪《かみ》の毛《け》は、そんなに長くないのだ。ということは、床《ゆか》に落ちていたのは、ぼくたち以外のだれかの毛髪《もうはつ》だということだ。

「この部屋、私《わたし》たちがくる前にだれかがつかっていたんじゃないかしら？」

姉は顔を青くして、うめくように言葉を吐《は》き出《だ》す。

「きっと……、いえ、たぶん……。馬鹿《ばか》げた推測《すいそく》かもしれないけど……。あなたも気づいたでしょう？　上流にある部屋の人のほうが、閉《と》じ込《こ》められている期間が長いのよ。それも、ひとつ部屋がずれると、一日、多く閉《と》じ込《こ》められている。つまりね、端《はし》にある部屋から順番に人が入れられていったということなの」

姉はあらためて、それぞれの部屋にいる人の、閉《と》じ込《こ》められた期間の違《ちが》いに注目していた。

「それじゃあ、それ以前はどうだったのかしら？」

「人が入る前？　空っぽだったんじゃない？」

「そう。空っぽだったのよ。それじゃあ、その前は？」

「空っぽの前は、やっぱり空っぽだったんだよ」

姉は首を横に振《ふ》りながら、部屋の中を歩き回った。

「昨日を思い出して。昨日の段階《だんかい》で、私《わたし》たちはこの部屋で目覚めて二日目だった。ひとつ下流にある五番目の部屋の人は一日目だった。六番目の部屋は、ゼロ日目と考えて、空っぽだった。でも、七番目の部屋の人は？　その並《なら》び順《じゅん》で考えれば、マイナス一日目の人が入れられているはずでしょう？　あなた、マイナスって数字は小学校でならった？」

「それくらい知ってるさ」

しかし、話がややこしくてわからなかった。

「いい？　連れてこられてマイナス一日目の人なんていないのよ。その人は、わたしの勝手な推測《すいそく》だけど、昨日の段階《だんかい》で連れてこられて六日目の人だったのよ。一番目の部屋にいた人が閉《と》じ込《こ》められる前日に、その人は連れてこられていたの」

「それで、今どこにいるの？」

姉は歩き回るのをやめて口籠《くちご》もり、ぼくを見た。一瞬《いっしゅん》、躊躇《ためら》ってから、おそらくもうこの世にいないのだということをぼくに説明した。

昨日はいた人が消え、空っぽの部屋に人が入る。ぼくは、溝《みぞ》の中を移動《いどう》して見てきた部屋ごとの違《ちが》いを、姉の言ったことに照らしあわせて考えた。

「一日たつと、人のいない部屋が下流の方向へひとつずれる。それが下流まで行ってしまったら、また上流の部屋からやり直し。七つの部屋は、一週間を表しているんだわ……」

一日に一人ずつ、部屋の中で殺されて、溝《みぞ》に流される。その隣《となり》の空っぽだった部屋には、人が入れられる。

順番に殺されて、また人は補充《ほじゅう》される。

昨日、六番目の部屋に人はいなかった。今日はいた。人がさらわれてきて、補充《ほじゅう》された。

昨日、七番目の部屋に人はいた。今日はいなかった。消されて、溝《みぞ》に流された。

右手の親指の爪《つめ》を噛《か》みながら、姉は忌《い》まわしい呪文《じゅもん》のようにつぶやいていた。目の焦点《しょうてん》はあっていなかった。

「だから、七番目の部屋の人は、溝《みぞ》に死体が流れて過《す》ぎるのを見ることができた。だって、この順番で部屋に人が入れられるのであれば、死体が溝《みぞ》に流されても、その部屋より上流の方にいては見ることはできない。こう考えれば、七番目の部屋にいた女の人の話が、夢《ゆめ》や幻覚じゃなかったと考えることができるわ。つまり彼女が見たのは、以前に他の部屋へ入れられていた人の死体だったんだと思う」

　昨日の段階《だんかい》で、死体が流れるのを見ていたのは、七番目の部屋にいた女性《じょせい》だけだったのだ。そう姉は説明してくれた。ぼくはややこしくてよくわからなかったけど、姉の言っていることは正しいように思えた。

「私《わたし》たちが連れてこられたのが金曜日、その日に五番目の部屋にいた人が殺されて流された。一晩《ひとばん》あけて土曜日、六番目の部屋の人が殺されて、五番目の部屋に人が入れられた。あなたが見た空っぽの部屋は、中にいた人が殺された後だったんだ。そして日曜日、七番目の部屋の人が殺された。ここで溝《みぞ》を監視《かんし》していても、当然、死体は見えなかったはずだわ。上流には流れてこないのだから。そして今日、月曜日……」

　一番目の部屋の人が殺される。

　ぼくは急いで一番目の部屋へ行った。

　髪《かみ》を染《そ》めた女の人に、姉の考えたことを説明した。しかし、彼女《かのじょ》は信じなかった。顔を引きつらせながら、そんなことあるはずないでしょう、と言った。

「でも、一応《いちおう》ってこともあるから、なんとかして逃《に》げださないと……」

しかしどうやって逃《に》げればいいのか、だれにもわかっていなかった。

「私《わたし》は信じないわ！」彼女《かのじょ》は怒《おこ》ったようにぼくへ叫《さけ》んだ。「一体なんなのよこの部屋は！」

ぼくは溝《みぞ》の中を、姉のもとまで戻《もど》った。途中《とちゅう》、ふたつの部屋を通《とお》り抜《ぬ》けないといけない。

そのとき、それぞれの部屋にいた人に声をかけられ、何があったのかとたずねられた。しかし、話をしていいのかどうかわからなかった。結局、何も伝えないまま、すぐにまた戻《もど》るからと言って姉のもとへ向かった。

姉は部屋の隅《すみ》で膝《ひざ》を抱《かか》えていた。ぼくが溝《みぞ》からあがると、手招《てまね》きした。溝《みぞ》の水で体中が汚《よご》れているのにも構《かま》わず、姉はぼくを抱《だ》きすくめた。

姉の腕時計《うでどけい》で午後六時。

溝《みぞ》を流れる水に、赤みが差した。ぼくと姉が話もせず見つめていると、溝《みぞ》の上流側の四角い口から、白いつるりとした小さなものが漂《ただよ》ってきた。最初は何かわからなかったが、それが水面で半回転したとき、並《なら》んでいる歯が見えて、下顎《したあご》の一部だとわかった。それが浮《う》いたり沈《しず》んだりしながら部屋の中を通りすぎ、下流側の穴《あな》へ吸《す》いこまれていく。やがて耳や指、小さくなった筋肉《きんにく》や骨《ほね》が次々と流れてきた。切断《せつだん》された指に、金色の輪がはまっている。

染《そ》めた髪《かみ》の毛《け》の塊《かたまり》が流れていく。よく見るとそれらは、ただ髪《かみ》の毛《け》がからまっているわけではなく、髪《かみ》の生えた頭皮ごと流れているのだと気づく。

一番目の部屋の人だ、とぼくは思った。濁《にご》った水に乗って流れていく無数の体の切《き》れ端《はし》は、とても人間だったものとは思えず、ぼくはただ不思議な気持ちにさせられた。

姉は口元を押《お》さえてうめいた。部屋の隅《すみ》に吐《は》いたが、ほとんど胃液《いえき》だけだった。話しかけたけど答えてくれず、姉は放心したように黙《だま》りこんでいた。

薄暗《うすぐら》くて陰鬱《いんうつ》なこの四角い部屋は、ぼくたちをそれぞれ一人ずつにわけ隔《へだ》てる。充分《じゅうぶん》に孤独《こどく》を味わわせた後に、命を摘《つ》み取《と》っていく。

「一体なんなのよこの部屋は！」

そう一番目の部屋の人は叫《さけ》んでいた。震《ふる》えるようなその叫《さけ》び声《ごえ》が頭にこびりついて離《はな》れない。そしてこの固く閉《と》ざされた部屋は、ただぼくたちを閉《と》じ込《こ》めているという以上の意味を持っているように感じられてくる。もっと重大な、人生とか魂《たましい》といったものさえ閉《と》じ込《こ》め、孤立《こりつ》させて、光を剝《は》ぎ取《と》っていくように思えた。まるで魂《たましい》の牢獄《ろうごく》だ。これまで見たことも体験したこともない本当の寂《さび》しさや、もう自分たちには未来などないのだという生きることの無意味さをこの部屋は教えてくれる。

姉が膝《ひざ》を抱《かか》えて体を丸め、むせび泣いていた。ぼくたちの生まれるずっと昔、歴史のはじまる以前から、人間の本当の姿《すがた》はこうだったのかもしれないと思った。暗く湿《しめ》った箱の中で泣いているような、今の姉のようだったのかもしれない。

ぼくは指を折って数えた。ぼくと姉が殺されるのは、閉《と》じ込《こ》められて六日目の、木曜の午後六時のはずだった。

●四日目・火曜日

何時間もかけて、溝《みぞ》の水から赤い色が消えた。その直前、石鹼《せっけん》でたてられたような泡《あわ》が水面に浮《う》かんで流れていったので、もしかするとだれかが上流の部屋を掃除《そうじ》しているのかもしれないと思った。人を殺せばきっと血が出る。それを洗《あら》い流《なが》しているのだ。

姉の腕時計《うでどけい》の針《はり》が深夜十二時を過《す》ぎ、ぼくたちがここへ連れてこられて四日目、火曜日が訪《おとず》れる。

ぼくは溝《みぞ》に潜《もぐ》り、上流にある一番目の部屋に向かった。

途中《とちゅう》の部屋にいる二人は、溝《みぞ》を流れすぎたものの説明をするようぼくに迫《せま》った。ぼくは、後で、と言ってまずは一番目の部屋に急ぐ。

やはり、昨日までいたはずの女の人が消えていた。部屋の中は洗《あら》い流《なが》されたように綺麗《きれい》だったため、予想した通りだれかが掃除《そうじ》したのだろうと思った。それがだれなのかはわからない。でも、きっとぼくたちをここに閉《と》じ込《こ》めている人なのだろうと思う。

姉が部屋の中で見つけた長い髪《かみ》の毛《け》は、やはりぼくたちが連れてこられる前に、あの部屋にいて殺された女性《じょせい》のものだったのだ。そして掃除《そうじ》が行なわれた際《さい》、偶然《ぐうぜん》、部屋の隅《すみ》に落ちていた一本だけが石鹼水《せっけんすい》に流されず残っていた。

ぼくたちを連れてきて殺しているのは、どんな人なのだろう。だれも顔を見たことはなかった。時折、扉《とびら》の向こう側を歩く靴音《くつおと》は、きっとその人のものにちがいない。

その人は、一日に一人ずつ、部屋の中で人を殺す。六日間だけ閉《と》じこめた後、ばらばらにするのがお気に入りなのだ。

まだ、姿《すがた》を見たこともない。声さえ聞いたことがない。しかし、確実《かくじつ》にその人物はいて、扉《とびら》の向こう側を歩いている。毎日、パンと水と死を運んでくる。その人が七つの部屋を設《せっ》計《けい》して、順番に殺していくという法則《ほうそく》を考え出したのだろうか。

実際《じっさい》にその人物の姿《すがた》を見たことがないせいか、とらえどころのない気持ち悪さを感じる。やがてぼくと姉もその人に殺されるのだろう。その直前にしか、はっきりと姿《すがた》を見る方法はないように思う。

それではまるで、死神そのものだ。ぼくや姉、他の人たちは、その人物のつくった絶対《ぜったい》的《てき》なルールの中に閉《と》じ込《こ》められていて、死刑《しけい》が確定《かくてい》してしまっている。

ぼくは二番目の部屋に移動《いどう》し、その部屋で六日目を過《す》ごしている髪《かみ》の長い女の人に、昨日、姉が考えたことを伝えた。彼女《かのじょ》は、それが馬鹿《ばか》げた推測《すいそく》だとは言わなかった。溝《みぞ》の上流から流れてきた一番目の部屋にいた女性《じょせい》の死体を見てしまっていたからだ。そして、薄々《うすうす》、自分が閉《と》じ込《こ》められたまままもう外に出ることはできないのだということを感じ取っていたらしい。彼女《かのじょ》は、話を聞いた後、姉と同じように黙《だま》りこんだ。

「……後で、またきます」

そう言ってぼくは三番目の部屋に向かい、そこでも同じ説明をした。

三番目の部屋にいた女性《じょせい》は、明日のうちに殺される予定である。これまではいつまで部屋に閉《と》じ込《こ》められていなければならないのか、いったい自分はどうなってしまうのか、まったく判然《はんぜん》としなかった。それが今では、明確《めいかく》な予定としてつきつけられる。

三番目の部屋にいた女の人は、口元を押《お》さえ、ぽろぽろと涙《なみだ》をこぼした。

自分の殺される時間を知る方がいいのか、知らない方がいいのか、ぼくにはよくわからない。もしかしたら、何も知らされないまま、目の前を通《とお》り過《す》ぎる死体を見つめて不安に日々を過《す》ごし、ある日突然《とつぜん》に扉《とびら》が開いてまだ見たこともない人間に殺されるほうがいいのかもしれない。

目の前で泣いている女の人を見ながら、七番目の部屋にいたやつれた女性《じょせい》のことを思い出した。みんな、彼女《かのじょ》と同じ表情《ひょうじょう》になる。

絶望《ぜつぼう》。もう、何日も四角いコンクリートの部屋に閉《と》じ込《こ》められていて、これがただのだれかの遊びだったとは考えられない。自分には本当に死が訪《おとず》れるのだということを、嫌《いや》でも気づかされる。

七番目の部屋にいた女性《じょせい》は、毎日、溝《みぞ》を流れる見知らぬ人間の体の破片《はへん》を見つめながら、今度は自分かもしれないと考えていたのだろう。彼女《かのじょ》には、自分がいつ殺されるのかすら知る方法はなかった。ぼくは彼女《かのじょ》の怯《おび》えた表情《ひょうじょう》を思い出し、胸《むね》が苦しくなった。

二番目の部屋、三番目の部屋、それぞれの場所で同じ説明を繰《く》り返《かえ》し、さらに五番目の部屋と六番目の部屋でも同じことをした。

そして七番目の部屋には、新しい住人が入れられており、溝《みぞ》から上がったぼくをみると悲鳴を上げた。


四番目の部屋にいる姉のもとへ帰る。

姉の様子が心配だった。部屋の隅《すみ》に座《すわ》ったまま動かない。近づいて腕時計《うでどけい》を見る。

朝の六時だ。

そのとき、扉《とびら》の向こう側で靴音《くつおと》が響《ひび》いた。扉《とびら》の下の隙間《すきま》に食パンが一枚《いちまい》差《さ》し込《こ》まれ、出していた皿に水の注がれる音がする。

扉《とびら》の下の隙間《すきま》からはつねに向こう側の明かりが漏《も》れていて、その周辺だけは灰色《はいいろ》のコンクリートの床《ゆか》がぼんやりと白い。そこに今、影《かげ》ができて、動いている。だれかが扉《とびら》の前に立っているのだ。

扉《とびら》を隔《へだ》てた向こう側に、これまで多くの人間を殺して、今もぼくたちを閉《と》じ込《こ》めている人物がいる。そう考えると、その人物が纏《まと》っている黒く禍々《まがまが》しい圧力《あつりょく》が扉《とびら》をつき抜《ぬ》けてほとんど息苦しいくらいぼくの胸《むね》を押《お》さえつける。

姉が弾《はじ》かれたように立ちあがった。

「待って!」

扉《とびら》の下の隙間《すきま》に体ごと飛びかかるようにして、唇《くちびる》をつけて叫《さけ》んだ。必死で隙間《すきま》に手をねじこむ。しかし入るのは手首までで、腕《うで》の途中《とちゅう》でつかえてしまう。

「お願い、話を聞いて! あなたはだれなの⁉」

懸命《けんめい》に姉は叫《さけ》ぶが、扉《とびら》の向こう側にいた人は、まるで姉などいないように無視《むし》して行ってしまった。靴音《くつおと》が遠ざかっていく。

「ちくしょう……、ちくしょう……」

姉はつぶやきながら、扉《とびら》の横の壁《かべ》に背中《せなか》をあずけた。

鉄の扉《とびら》には取っ手がなく、蝶番《ちょうつがい》の場所から考えると、部屋の内側に開くようできている。それが次に開くのは、部屋の中にいるぼくたちが殺されるときなのだろう。

自分は死ぬのだ、ということを考えた。ここに閉《と》じ込《こ》められて、家に戻《もど》れないのが怖《こわ》くて泣いたことは何度もあったけど、殺されるということで涙《なみだ》を流したことはまだなかった。殺されるってなんだろう。実感があまりない。

ぼくはだれに殺されるのだろう。

きっと、痛《いた》いにちがいない。そして死んだら、どうなってしまうんだろう。怖《こわ》かった。でも、今一番、恐《おそ》ろしかったのは、姉がぼくよりも取《と》り乱《みだ》していることだった。不安そうに四角い部屋の四隅《よすみ》に視線《しせん》を投げかけて体を縮《ちぢ》めている姉を見ると、どうしていいのかわからなくなり、ぼくは動揺《どうよう》する。

「姉ちゃん……」

ぼくは心細くなり、立ったまま声をかけた。姉は膝《ひざ》を抱《かか》えた状態《じょうたい》で、虚《うつ》ろな目をぼくに向けた。

「みんなに七つの部屋の法則《ほうそく》について話したの？」

ぼくは戸惑《とまど》いながらうなずく。

「あなた、残酷《ざんこく》なことをしたわね……」

いけないことだなんて知らなかったから……、そう説明したけど、姉は聞いていないようだった。

ぼくは二番目の部屋へ向かった。


二番目の部屋にいる女の人は、ぼくを見ると、安堵《あんど》するように顔をほころばせた。

「もう、戻《もど》ってこなかったらどうしようかと思っていたのよ……」

弱々しい笑《え》みだったが、ぼくは心の中が温かくなるのを感じた。コンクリートの何もない空間でだれかが笑っている顔なんてしばらく見ていなかったから、彼女《かのじょ》のやさしい表《ひょう》情《じょう》が光とぬくもりをともなって見えた。

でも、自分が今日中に死ぬことを知っていて、なぜそんな顔ができるのだろうかと不思議に思った。

「さっき、なにかを叫《さけ》んでたのはあなたのお姉さん？」

「うん、そう。聞こえたの？」

「なんて言ったかまではわからなかったけど、たぶんそうじゃないかと思った」

それから彼女《かのじょ》は、ぼくに故郷《こきょう》の話をした。ぼくの顔が、甥《おい》に似《に》ていると言った。ここへ閉《と》じ込《こ》められる前、事務《じむ》の仕事をしていたことや、休日によく映画《えいが》を見に行ったことなどを話した。

「あなたが外に出たとき、これを私《わたし》の家族に渡《わた》してほしいの」

彼女《かのじょ》は自分の首にかけていたネックレスをはずすと、ぼくの首にかけた。銀色の鎖《くさり》で、小さな十字架《じゅうじか》がついていた。それは彼女《かのじょ》にとってのお守りで、ここに閉《と》じ込《こ》められてからは毎日、十字架《じゅうじか》を握《にぎ》り締《し》めて祈《いの》っていたそうだ。

その日、一日かけて、ぼくとその女の人は仲良くなった。ぼくと彼女《かのじょ》は部屋の隅《すみ》に並《なら》んで腰掛《こしか》け、壁《かべ》に背中《せなか》をあずけて足をだらしなく伸《の》ばしていた。ときどき立ちあがって身振《みぶ》りをしながら話をすると、天井《てんじょう》から下がっている電球が壁《かべ》に巨大《きょだい》な影《かげ》を映《うつ》した。

音は部屋の中を流れる水の音だけだった。溝《みぞ》を見ながらふと、自分は汚《よご》れた水の中をいつも移動《いどう》しているから、顔をしかめるほど臭《くさ》いに違《ちが》いないと思った。それで、少し彼女《かのじょ》から体を離《はな》して座《すわ》りなおした。

「なんで遠ざかるの。私《わたし》だってもう何日もお風呂《ふろ》に入ってないのよ。鼻なんて麻痺《まひ》してるわ。……もしも外に出ることができていたら、真っ先にお風呂《ふろ》へ入って身を清めたかった」

口元に笑《え》みを浮《う》かべて彼女《かのじょ》は言った。

話をしていても、時々、微笑《ほほえ》むことがあった。それがぼくには不思議に思えた。

「……なんで、殺されることがわかっているのに、泣《な》き喚《わめ》いたりしないの？」

ぼくは困惑《こんわく》した顔をしていたにちがいない。彼女《かのじょ》は少し考えて、受け入れたからよ、と答えた。まるで教会にある彫刻《ちょうこく》の女神《めがみ》みたいに、彼女《かのじょ》の顔は寂《さび》しげでやさしかった。

別《わか》れ際《ぎわ》、彼女《かのじょ》はぼくの手をしばらく握《にぎ》り締《し》めていた。

「あったかいのね」

そう言った。

六時になる前、ぼくは四番目の部屋に戻《もど》った。

自分の首に下がっているネックレスのことを説明すると、姉はぼくを強く抱《だ》きしめた。

やがて溝《みぞ》が赤くなって、先ほどまでぼくの目の前にあった目や髪《かみ》の毛《け》が溝《みぞ》を流れて部屋を横切っていった。

ぼくは溝《みぞ》に近寄《ちかよ》り、汚《よご》れた水に浮《う》いて流されていく彼女《かのじょ》の指を、そっと両手ですくいあげた。最後にぼくの手を握《にぎ》り締《し》めていた指だった。ぬくもりをなくして、小さな破片《はへん》になっていた。

胸《むね》の中に痛《いた》みが走った。頭の中が、溝《みぞ》の水と同様に赤く染《そ》まっていく。世界のすべてが真っ赤になり、熱くなり、ほとんど何も考えていられなくなる。

ふと気づくとぼくは姉の腕《うで》の中で泣いていた。姉はぼくの額《ひたい》にはりついて乾《かわ》いている髪《かみ》の毛《け》を触《さわ》っていた。汚《きたな》い水で濡《ぬ》れた髪《かみ》の毛《け》は、乾燥《かんそう》するとぱりぱりになった。

「うちに帰りたいね」

とてもやさしく、灰色《はいいろ》のコンクリートに囲まれた部屋には不釣《ふつ》り合《あ》いな声で、姉がつぶやいた。

ぼくはうなずきを返した。

●五日目・水曜日

殺す人がいて、殺される人がいる。この七つの部屋のルールは絶対《ぜったい》だった。本来なら、そのルールは、殺す側の人だけが知っていることで、殺される側のぼくたちは知り得ないことだった。

でも、例外が起きた。

ここへみんなを連れてきて閉《と》じ込《こ》めている人物は、まだ体の小さなぼくを姉と同じ部屋に入れたのだ。子供だから、一人として数えなかったのだろう。あるいは、姉もまた成人していないので、姉弟《してい》でひとつのセットとして考えたのかもしれない。

ぼくは体が小さかったため、溝《みぞ》の中を移動《いどう》し、自分たちのいる部屋以外にも他の部屋があることを把握《はあく》した。そして殺す側の人が定めたルールを推測《すいそく》したのだ。ぼくたちが殺す側のスケジュールを知っていることを、殺す側の人は知らない。

殺す人と、殺される人、その逆転《ぎゃくてん》は絶対《ぜったい》に起こったりしない。それはこの七つの部屋では神が定めた法則《ほうそく》のように絶対的《ぜったいてき》だった。

しかし、ぼくと姉は生き残る方法について考え始めた。

四日目が終わり、五日目の水曜日がやってくる。二番目の部屋から人が消え、一番目の部屋に新しい人が連れてこられる。

この七つの部屋の法則《ほうそく》はその繰《く》り返《かえ》しだった。もうどれくらい前からそれがおこなわれているのかわからない。溝《みぞ》の中を何人もの死体が通りすぎていったのだろう。

ぼくは溝《みぞ》のトンネルを行き来して、みんなと話をしてまわる。当然、みんなは元気のない表情《ひょうじょう》をしていた。それでもぼくが部屋を立ち去ろうとすると、また部屋を訪問《ほうもん》してほしい素振《そぶ》りを見せた。だれもが部屋にひとりで取り残され、強引《ごういん》に孤独《こどく》をつきつけられる。それがきっと耐《た》えられないのだ。

「あなただけなら、そうやって部屋を移動《いどう》し続けていれば、犯人《はんにん》に殺されずにすむわ
……」

ぼくが溝《みぞ》のトンネルに飛びこもうとしているとき、姉が言った。

「私《わたし》たちを閉《と》じ込《こ》めたやつは、あなたがそうやって部屋を移動《いどう》できるなんて知らないはずだからね。明日、この部屋にいる私《わたし》が殺されても、あなたは別の部屋に逃《に》げることができる。そうやっていつも逃《に》げていれば、殺されずにすむわ」

「……でも、そのうちに成長して体が大きくなると、溝《みぞ》のトンネルを通れなくなるよ。それに、犯人《はんにん》だって、この部屋に二人を閉《と》じ込《こ》めたことくらい覚えてるにちがいないよ。ぼくがいなかったら、きっと探《さが》すはずだよ」

「でも、少しの間なら生《い》き延《の》びられるでしょう」

姉は切羽詰《せっぱつ》まったように、明日ぼくがそうするようすすめた。しかし、それは時間稼《かせ》ぎにしか思えなかった。それでも姉は、その間に逃《に》げ出《だ》す機会が訪《おとず》れるかもしれないと考えているらしかった。

そんな機会などないのだ。ぼくにはそう思えた。ここから逃《に》げる方法など、どこにも見当たらなかった。

三番目の部屋にいた若《わか》い女の人は、死ぬ直前までぼくと話をしていた。彼女《かのじょ》は少し変わった名前をしていて、聞いただけではどう書くのかわからなかった。そこで彼女《かのじょ》はポケットから手帳を取り出して、弱々しい電球の下で書いて見せた。小さな鉛筆《えんぴつ》のついた手帳だった。ここへみんなを閉《と》じ込《こ》めた人物は、どうやら手帳を取り上げなかったらしく、ポケットの中に入ったままだったそうだ。

鉛筆《えんぴつ》の先には無数の歯形があり、芯《しん》は不器用に飛び出していた。丸くなった芯《しん》を出すため、噛《か》んで木の部分を落としたらしい。

「わたしの両親はね、都会で一人暮《ぐ》らししているわたしにいつも食べ物を送ってくれるの。わたしは一人娘《ひとりむすめ》だから、心配なのね。ジャガイモやキュウリの入った段《だん》ボール箱、宅配便《たくはいびん》屋さんが持ってきてくれるんだけど、わたしはいつも会社にいて、受け取れないの」

彼女《かのじょ》は今も自分のアパートの前で、両親の送った荷物を抱《かか》え玄関《げんかん》に宅配便《たくはいびん》屋さんが立っているのではないかと心配していた。話をする彼女《かのじょ》の目は、蛆《うじ》の塊《かたまり》が浮《う》いている溝《みぞ》の濁《にご》った水に向けられていた。

「子供のころ、家のそばにあった小川でよく遊んだわ」

その川は、底の小石まではっきりと見える澄《す》んだ水だったそうだ。ぼくは話を聞いていて、まるで夢《ゆめ》の世界のようにその川を想像《そうぞう》した。太陽の光が川面《かわも》に反射《はんしゃ》し、ゆらいでぽろぽろと崩《くず》れて輝《かがや》くような、明るい世界。頭上高くまで青空が広がっている。重力に反して自分の体がどこまでも上へ上へ落ちていってしまうような、そんな果てしない空だ。

陰鬱《いんうつ》なコンクリートの狭《せま》い部屋に閉《と》じ込《こ》められ、溝《みぞ》から漂《ただよ》う腐臭《ふしゅう》と、電球が逆《ぎゃく》に浮《う》き彫《ぼ》りにする暗闇《くらやみ》とに、ぼくはなれはじめていたらしい。ここへくる以前にあったごく普通《ふつう》の世界のことを忘《わす》れかけていた。風の吹《ふ》く外の世界を思い出し、悲しくなった。

空が見たい。これまでこんなに強く思ったことはなかった。ぼくは閉《と》じ込《こ》められる前、どうしてもっとよく雲を眺《なが》めておかなかったのだろう。

昨日、二番目の部屋にいた人とそうしたように、ぼくと彼女《かのじょ》は並《なら》んで座《すわ》って話をした。彼女《かのじょ》もまた、泣《な》き喚《わめ》いて理不尽《りふじん》さに怒《おこ》ったりしなかった。ごく普通《ふつう》に、昼下がりの公園のベンチで会話をするように話をした。それは、ここが周囲を灰色《はいいろ》の硬《かた》い壁《かべ》に囲まれた部屋だということを少しの間だけ忘《わす》れさせてくれた。

二人で歌をうたいながら、なぜ目の前にいるこの人は殺されるのだろう、とふと疑問《ぎもん》に思った。そして、自分も同じように殺されるのだということを思い出した。

殺される理由を考えてみたが、それは結局、ここに連れてきた人が殺したかったからという、ただそれだけの結論《けつろん》にいつも落ちついた。

彼女《かのじょ》はさきほどの手帳を取り出して、ぼくの手に握《にぎ》らせた。

「あなたがここを出ることができたら、この手帳を両親に渡《わた》してほしいの。お願い」

「でも……」

ぼくが外に出られることなんて、はたしてあるのだろうか？　昨日、二番目の部屋にいた人も、同じようにぼくが外に出ることを期待して十字架《じゅうじか》のついたネックレスをぼくの首にかけた。しかし、ぼくが外に出られる保証《ほしょう》なんてどこにもなかった。

そう言おうとしたとき、扉《とびら》の前にだれかの立つ気配がした。

「いけない！」

彼女《かのじょ》は顔を強張《こわば》らせた。

ぼくたちは、時間がいつのまにか差《さ》し迫《せま》っていたことを知った。午後六時がおとずれたのだ。そうなる前にこの部屋から立ち去るはずだったのに、時間の経過《けいか》を忘《わす》れていた。彼《かの》女《じょ》は腕時計《うでどけい》を持っていなかったし、いっしょにいる楽しさがぼくを迂闊《うかつ》にした。

「早く逃《に》げて！」

立ちあがり、ぼくは咄嗟《とっさ》に溝《みぞ》の中に入った。上流の方向へ続く四角いトンネルに飛びこむ。下流の方へ行けば、姉がいる隣《となり》の部屋へ行けたはずだったが、上流への穴《あな》の方が近くにあったのだ。

ぼくが穴《あな》へ飛《と》び込《こ》むと同時に、背後《はいご》で鉄の重い扉《とびら》の開く音がした。頭の中が、一瞬《いっしゅん》、熱くなる。

ここにみんなを閉《と》じこめた人物が現《あらわ》れたのだ。ぼくはすでにその人物に対して、死ぬ直前にしか姿《すがた》を見ることがゆるされないような、禁忌《きんき》の幻想《げんそう》を抱《だ》いていた。およそ接近《せっきん》しただけでも指の先から崩《くず》れ落《お》ちてしまうような、そんな絶対的《ぜったいてき》な死の象徴《しょうちょう》として畏怖《いふ》していた。

胸《むね》の動悸《どうき》が速くなる。

トンネルを抜《ぬ》け、二番目のだれもいない部屋で立ちあがる。溝《みぞ》の中に立ったまま、深く呼吸《こきゅう》した。渡《わた》された手帳を、床《ゆか》の上に置く。

今から三番目の部屋で、ぼくたちを閉《と》じ込《こ》めた人物が、彼女《かのじょ》を殺すのだ。そう考えて、ぼくはある考えに取りつかれていた。体中が恐怖《きょうふ》で震《ふる》える。それは危険《きけん》な行為《こうい》だった。しかし、ぼくはそれを実行しなければならない。

ぼくと姉は、ここから逃《に》げるのだ。そのための方法を考えているけれど、まだ思《おも》い浮《う》かばない。どんな手がかりでもいい、もっと姉は情報《じょうほう》を欲《ほ》しがっていた。ここから這《は》い出《で》て、また空を見るための取《と》っ掛《か》かりを探《さが》していた。

そのためには、これまでそうしたように、まだ謎《なぞ》のまま黒く塗《ぬ》りつぶされている部分をぼくが見て、姉に伝えるしかないのだ。

謎《なぞ》の部分。それは、ここにぼくたちを閉《と》じ込《こ》めた人物の姿《すがた》、そしてどのように人間を殺しているのかという殺害の手順だった。

ぼくはもう一度、引き返して、三番目の部屋を覗《のぞ》こうと考えていた。もちろん、あの狭《せま》い部屋の中に出てしまっては、たちまち見つかって自分も殺されてしまう。注意深く、溝《みぞ》の中から様子をうかがうだけである。それでも、ぼくは緊張《きんちょう》で眩暈《めまい》がしそうになる。覗《のぞ》いていることがばれたら、明日を待たずに殺されるのだろう。

溝《みぞ》の下流側、二番目の部屋と三番目の部屋を隔《へだ》てる壁《かべ》に、四角い横長の穴《あな》がある。たった今、出てきたばかりのそこを前にして膝《ひざ》をついた。水の流れが太ももの裏側《うらがわ》に当たり、目の前にある四角い穴《あな》へ吸《す》いこまれていく。

深く呼吸《こきゅう》して、音をたてないよう中に入った。水の流れはゆるやかだ。注意していれば、流されることはない。手足をつっぱれば後ろ向きにでも水に逆《さか》らって進むことができる。それはこれまでの経験《けいけん》で知っていた。しかしコンクリートの壁《かべ》は、穢《けが》れた水のせいか、ぬるぬるした膜《まく》に覆《おお》われて滑《すべ》りやすくなっている。気をつけなくてはいけない。

四角いトンネルの中で、水面と天井《てんじょう》の間にはほとんど隙間《すきま》がない。三番目の部屋で何が行なわれているのか見るためには、トンネルの中に潜《ひそ》み、水中で目を開けているしかなかった。

汚《よご》れた水の中でそうすることは気がひけたが、ぼくは目を開けた。

手足をつっぱって、体をトンネルの中に保《たも》ち、三番目の部屋へ出る直前にとどまる。全身の皮膚《ひふ》の表面へ水が絡《から》みつくようにぶつかり、前方へと消えていく。濁《にご》った水越《ご》しに、ほのかな四角い形の明かりが見える。三番目の部屋にある電球のものだった。

水流の音に混《ま》じり、機械の音がする。

水の濁《にご》りのせいでよく見えないが、黒い人影《ひとかげ》が動いている。

ぼくの頬《ほお》のそばを、何か腐《くさ》ったものにしがみついた蛆虫《うじむし》の塊《かたまり》が流れて過《す》ぎ去《さ》った。

もっとよく見ようと、ぼくはさらにトンネルの出口付近に近づこうとした。

手足が滑《すべ》った。すぐに指先へ力をこめてふんばる。壁《かべ》に付着していた滑《すべ》りやすい膜《まく》が指をついた部分だけずるずると剝離《はくり》し、壁《かべ》に線状《せんじょう》の模様《もよう》ができた。思いのほか水に流されたすえに、体がようやく止まる。頭が、トンネルから出てしまった。

ぼくは見た。

さっきまで話をしていた女の人が、血と肉の山になっていた。

これまで閉《し》まっていたところしか見たことのなかった鉄の扉《とびら》が開いていた。内側は平らなのに、外側には閂《かんぬき》が見える。みんなを部屋に閉《と》じ込《こ》め、死ぬ瞬間《しゅんかん》まで一人にしておくための閂《かんぬき》だ。

男が、いた。人間の死体とも言えないような赤い塊《かたまり》の前に立って、ぼくの方には背中《せなか》を向けていた。もしも正面を向いていれば、すぐに気づかれていただろう。

顔を見ることはできなかったが、手に、激《はげ》しく音を出している電動のこぎりを持っていた。時々、扉《とびら》の向こう側から聞こえていた機械の音はこれだったのだと気づく。男は棒立《ぼうだ》ちになったまま無感動に、それを幾度《いくど》も目の前に突《つ》き刺《さ》して細かくしている。その瞬間《しゅんかん》ごとに、ぱっと、赤いものが飛び散る。

部屋中が、赤い。

不意に、電動のこぎりの音が部屋の中から消えた。ただ溝《みぞ》を流れる水の音だけが、ぼくと男の間にあった。

男が、振《ふ》り返《かえ》ろうとした。

ぼくは滑《すべ》るトンネルの壁《かべ》に爪《つめ》をたて、あわてて後退《こうたい》する。男に気づかれてはいないと思う。しかし、一瞬《いっしゅん》でも遅《おく》れていたら目があっていただろう。

二番目のだれもいない部屋に戻《もど》った。しかし、そこも安全とは言えなかった。新しく人が入れられるため、いつ扉《とびら》が開けられるかわからない。置いていた手帳を拾い、一番目の部屋に向かった。三番目の部屋を通《とお》り抜《ぬ》けて姉のいる部屋に行くことは不可能《ふかのう》だったからだ。

一番目の部屋に閉《と》じ込《こ》められている女の人のそばに並《なら》んで座《すわ》った。

「何を見たの?」

ぼくがあまりにもひどい顔をしていたのだろう。彼女《かのじょ》は尋《たず》ねた。昨晩《さくばん》のうちに連れてこられていた、一番、新しい住人だ。すでにこの七つの部屋の法則《ほうそく》は説明していたが、たった今、見たことを説明することができなかった。

三番目の部屋の女性《じょせい》に渡《わた》された手帳を開き、中を読む。水の中をくぐったのでページ同士がぬれてくっつき、めくるのに苦労した。紙はしわくちゃになっていたが、文字は判読《はんどく》できた。

両親に向けて長い文章が書かれていた。「ごめんなさい」という言葉が繰《く》り返《かえ》しあった。

●六日目・木曜日

あの男に会ってしまうのが恐《おそ》ろしくて、四番目の部屋に戻《もど》ることができなかった。一晩《ひとばん》、一番目の部屋で過《す》ごした。その部屋にいた女の人はぼくがいることを心から歓迎《かんげい》し、朝食の食パンを多くくれた。それを食べながら、姉が心配しているにちがいないと思っていた。

ようやく姉のいる部屋に戻《もど》る決心がついて、溝《みぞ》のトンネルをくぐると、二番目の部屋に新しく人が入れられていた。最初にぼくを見た人が例外なくそうであるように、その女の人も驚《おどろ》いていた。

三番目の部屋は空っぽで、血も掃除《そうじ》されていた。ぼくは、昨日いっしょに話をした人の存在《そんざい》を少しでも匂《にお》わせるものを探《さが》したが、何も見つからない、空虚《くうきょ》なコンクリートの部屋だった。

四番目の部屋に戻《もど》ると、姉がぼくに抱《だ》きついた。

「見つかって殺されたのだと思ってた！」

それでも姉は、食パンを食べずにぼくを待っていてくれた。

今日、六日目の木曜日、ぼくと姉が殺される番のはずだった。

ぼくは、今まで一番目の部屋にいたことや、食事をわけてもらったことなどを説明した。

姉に申《もう》し訳《わけ》なくて、食パンをぜんぶ食べてもいいよぼくはもう食べたから、と言うと、姉は目を赤くして、馬鹿《ばか》ね、と言った。

それから、三番目の部屋の人が殺されるとき、溝《みぞ》の中に隠《かく》れて犯人《はんにん》の顔を見ようとがんばったことを説明した。

「なんて危《あぶ》ないことするの！」

姉は怒《おこ》った。しかし、話が扉《とびら》のことになると、だまって真剣《しんけん》に聞いた。

姉は立ちあがり、部屋の壁《かべ》にはまっている鉄の扉《とびら》を手で触《さわ》った。強く、一度だけ拳《こぶし》で叩《たた》く。部屋に、重い金属《きんぞく》の塊《かたまり》とやわらかい皮膚《ひふ》のぶつかる音が響《ひび》いた。

取っ手も何もない扉《とびら》は、ほとんど壁《かべ》と同じだった。

「……本当に扉《とびら》の向こう側は閂《かんぬき》だったの？」

ぼくはうなずいた。扉《とびら》は部屋の内側から見て、右側に蝶番《ちょうつがい》がはまっている。部屋の内側に開き、溝《みぞ》に潜《ひそ》んでいたぼくからはしっかりと扉《とびら》の表側が見えた。横へスライドするタイプの頑丈《がんじょう》そうな閂《かんぬき》が、確《たし》かにあった。

ぼくはあらためて扉《とびら》を眺《なが》める。壁《かべ》の中央ではなく、左手よりに扉《とびら》が取りつけられている。

姉は怖《こわ》い顔で扉《とびら》を睨《にら》みつけていた。

姉の腕時計《うでどけい》を見ると、もう昼の十二時だった。夕方、犯人《はんにん》がぼくと姉を殺しにくるまで、あと六時間しかない。

ぼくは部屋の片隅《かたすみ》に座《すわ》って、渡《わた》された手帳を眺《なが》めていた。両親のことが書かれていたので、ぼくも親に会いたくなった。みんな、心配しているはずだった。家で夜、眠《ねむ》れないとき、母がよくミルクをレンジで温めてくれたことを思い出す。昨日、汚《きたな》い水の中で目をあけたためか、涙《なみだ》が流れると痛《いた》んだ。

「このままじゃすまさない……、このままじゃ……」

姉は静かに、憎《にく》しみのこもった声を扉《とびら》に向かってつぶやき続けていた。手が震《ふる》えていた。振《ふ》り返《かえ》ってぼくを見たときの姉の顔は、壮絶《そうぜつ》で、目の白い部分が獰猛《どうもう》に光っているように見えた。

昨日までの力がこもっていない瞳《ひとみ》ではなかった。まるで何かを決心したような表情《ひょうじょう》だった。

姉は再度《さいど》、犯人《はんにん》の体格《たいかく》や持っていた電動のこぎりについてぼくに問いただした。犯人《はんにん》が襲《おそ》いかかってきたとき戦うつもりなのだ、とぼくは思った。

男が使っていた電動のこぎりは、ぼくの背丈《せたけ》の半分ほどもあった。地響《じひび》きのような音をたて、刃《は》の部分が高速で回転する。姉は、そんなものを持った男と、どうやって戦うのだろう？　でも、そうしなければぼくたちは死ぬのだ。

姉は腕時計《うでどけい》を見る。

じきに、あいつがやってきて、ぼくたちを殺す。それが今いるこの世界でのルールなのだ。必ず訪《おとず》れる、絶対《ぜったい》の死。

姉は、溝《みぞ》をくぐってみんなと話をしてくるようぼくに言いつけた。

時間はすぐに過《す》ぎ去《さ》る。

溝《みぞ》の中を、これまでどれくらいの人の体が漂《ただよ》って流れたのだろう。ぼくはその穢《けが》れた水の中にもぐり、四角いコンクリートの穴《あな》を通《とお》り抜《ぬ》け、部屋を移動《いどう》した。

ぼくと姉のほかに、あの男に閉《と》じ込《こ》められているのは五人だった。その中で、溝《みぞ》の水が赤く濁《にご》り、かつて人間だったいろいろな破片《はへん》が流れていくのを見た者は、ぼくたちの部屋より下流にいる三人だ。

部屋を訪《たず》ね、挨拶《あいさつ》をする。みんな、今日がぼくと姉の番であることを知っている。口元を押《お》さえて悲しんでくれる。あるいはやがて自分もそうなるのだと絶望《ぜつぼう》した顔をする。ぼくだけでも別の部屋に移動《いどう》して逃《に》げていればいいとすすめる人もいた。

「これを持って行って」

五番目の部屋にいた若《わか》い女の人は、白いセーターを、パンツだけのぼくに手渡《てわた》した。

「ここ、暖《あたた》かいからセーターは必要ないの……」

そしてぼくを強く抱《だ》きしめた。

「幸運が、あなたとお姉さんに訪《おとず》れますように……」

そう言うと彼女《かのじょ》は喉《のど》を震《ふる》わせた。

やがて、六時が訪《おとず》れようとしていた。


ぼくと姉は、部屋の角に座《すわ》っていた。そこが扉《とびら》から一番、遠い場所だった。ぼくが角に座《すわ》り、姉はそんなぼくを壁《かべ》とはさみこむように座《すわ》っている。ぼくたちは足を投げ出していた。姉の腕《うで》がぼくの腕《うで》に当たり、体温が伝わってくる。

「外に出たら、まず何をしたい？」

姉が尋《たず》ねた。外に出たら……、そのことはこれまであまりにも考えすぎて、答えがありすぎた。

「わからない」

でも、両親に会いたい。深呼吸《しんこきゅう》をしたい。チョコレートを食べたい。したいことは無数にあった。たぶん、それが叶《かな》ったら、ぼくは泣き出すと思う。そう姉に伝えると、やっぱり、という表情《ひょうじょう》をした。

ぼくは腕時計《うでどけい》をちらりと確認《かくにん》した。それから、姉が部屋の電球を見ていたので、ぼくもそれを見た。

この部屋に閉《と》じ込《こ》められるまで、ぼくと姉は喧嘩《けんか》ばかりしていた。どうしてぼくには姉なんて生き物が存在《そんざい》するのだろうかと考えたこともある。毎日、罵《のの》り合って、お菓子《かし》が一人分だけあれば奪《うば》い合《あ》った。

それなのに今こうしていると、ただそこにいるというだけで、力強くなってくる。腕《うで》を伝わってくる熱い体温が、この世界にいるのはぼく一人じゃないんだと宣言《せんげん》してくれる。

姉はあきらかに、他の部屋にいた人たちと違《ちが》っていた。今まで考えたこともなかったが、ぼくがまだ赤ちゃんのころから姉はぼくのことを知っていたのだ。それは特別なことのように思う。

「ぼくが生まれてきたとき、どう思った？」

そう質問《しつもん》すると、姉は、急に何を言い出すのだろう、という顔でぼくを見た。

「何これ、って思ったわ。最初に見たとき、あんたはベッドの上にいたのよ。とても小さくて泣いていたの。正直、私《わたし》に何か関係あるものだとは思えなかったわね」

それからまた、しばらく沈黙《ちんもく》する。会話がないのではなかった。電球が淡《あわ》く浮《う》かび上《あ》がらせるコンクリートの箱の中、水の音だけが静かに流れて、とても深い部分でぼくと姉は言葉を交《か》わしていた気がした。死ぬ、ということが隣《とな》り合《あ》わせに迫《せま》っている中で、心の中が冷静に、まるでゆらぎもしない静かな水面のようになっていく。

腕時計《うでどけい》を見る。

「用意はいい？」

姉が深呼吸《しんこきゅう》して、聞いた。ぼくはうなずき、神経《しんけい》を張《は》り詰《つ》める。もうすぐだった。溝《みぞ》の中をただ水が流れている。その音のほかに何かが聞こえないか、ぼくは耳をすませた。

その状態《じょうたい》で数分が過《す》ぎたとき、遠くから、いつも聞こえていた靴《くつ》の音がぼくの鼓膜《こまく》を小さく震《ふる》わせた。姉の腕《うで》を触《さわ》り顎《あご》をひいてもう時間なのだということを伝えた。ぼくが立ちあがると、姉も腰《こし》をあげる。

靴音《くつおと》がこの部屋に近づいてくる。

姉の手がやさしくぼくの頭に載《の》せられ、親指がそっと額《ひたい》に触《ふ》れた。

静かな、それは別れの合図だった。

姉の下した結論《けつろん》。それは、電動のこぎりを持った男と戦っても、所詮《しょせん》は勝ち目がないということだった。ぼくたちは子供で、相手は大人だったのだ。それは悲しいことだけど、事実だった。

扉《とびら》の下の隙間《すきま》に影《かげ》が落ちる。

ぼくの心臓《しんぞう》は破裂《はれつ》しそうだった。喉《のど》の奥《おく》から体内にあるすべてのものが逆流《ぎゃくりゅう》するように思えた。心の中が、悲しみと恐怖《きょうふ》でいっぱいになる。ここに閉《と》じ込《こ》められてからの日々が頭の中に蘇《よみがえ》り、死んでいった人たちの顔や声が反響《はんきょう》する。

扉《とびら》の向こう側で、閂《かんぬき》の抜《ぬ》かれる音。

姉は、扉《とびら》から一番離《はな》れた部屋の角を背《せ》にして、片膝《かたひざ》をついて待《ま》ち構《かま》えている。ちらりと、ぼくのほうを見た。これから死が訪《おとず》れる。

鉄の扉《とびら》が重く軋《きし》み、開かれると、男が立っている。部屋に入ってきた。

しかしぼくには、顔がよく見えない。ぼんやりと、その男は影《かげ》のようにぼくの目には映《うつ》った。死を司《つかさど》り、運んでくるただの黒い人影《ひとかげ》である。

電動のこぎりが始動する音。部屋中が激《はげ》しく震動《しんどう》するような騒々《そうぞう》しさに包まれる。

姉は部屋の角で両腕《りょううで》を広げ、背後《はいご》を決して見せまいとする。

「弟には指一本、触《さわ》らせない！」

姉が叫《さけ》ぶ。でも、ほとんどその声はのこぎりの音でかき消された。

ぼくは恐《おそ》ろしくて、叫《さけ》び出したかった。そして、殺される瞬間《しゅんかん》の痛《いた》みを想像《そうぞう》した。激しく回転する刃《は》に削《けず》られるとき、何を考えさせられるのだろう。

男は、姉の体の陰《かげ》から見《み》え隠《かく》れしているぼくの服を見た。のこぎりを構《かま》えて、一歩、姉に近づく。

「こないで！」

姉は両腕《りょううで》を突《つ》き出《だ》し、背中《せなか》をかばって叫《さけ》んだ。あいかわらず声はかき消されたが、そう叫《さけ》んだはずだった。なぜなら事前に、そう言うことを決めておいたからだ。

男がさらに姉へ近づき、回転するのこぎりの刃《は》を姉の突《つ》き出《だ》した手にぶつけた。

一瞬《いっしゅん》、血のしぶきが空気に撒《ま》き散《ち》らされる。

もちろん、すべてはっきりと見えたわけではなかった。男の姿《すがた》も、姉の手が破裂《はれつ》する瞬《しゅん》間《かん》も、ぼくにはぼんやりとしか見えなかった。なぜなら濁《にご》った水越《ご》しにしか、部屋の中の様子を見ることができなかったからだ。

ぼくは隠《かく》れていた溝《みぞ》のトンネルから這《は》い出《だ》し、犯人《はんにん》が開け放していた扉《とびら》から出た。扉《とびら》を閉《し》めて、閂《かんぬき》をかける。

部屋の中にあった電動のこぎりの音が、扉《とびら》にはさまれて小さくなる。部屋の中には、姉と、犯人《はんにん》の男だけが残った。


姉がぼくの頭に手を載《の》せ、親指でそっと額《ひたい》に触《さわ》ったときが、ぼくたちの、別れの合図だった。ぼくは次の瞬間《しゅんかん》、急いで溝《みぞ》の上流側のトンネルに足から体を潜《ひそ》ませていた。上流側に隠《かく》れたのは、下流側よりも扉《とびら》に近かったからだ。

姉の考えた賭《か》けだった。

姉は部屋の角で、ぼくの服だけを背中《せなか》にかばうようにして犯人《はんにん》をひきつける。その間にぼくは、扉《とびら》から出る。ただそれだけだ。

ぼくの服は、本当に中身があるようにみせかけなければいけなかった。そのため、みんなからそれぞれ服をわけてもらい、中につめた。本当に小手先の騙《だま》しで、通じるのかどうか不安だったけど、数秒間ならきっと大丈夫《だいじょうぶ》だと姉は勇気づけた。ぼくをかばうように演技《えんぎ》しながら、姉はその服のかたまりをかばっていたのだ。

姉は、扉《とびら》から一番、遠い位置で構《かま》え、犯人《はんにん》をおびき寄《よ》せる。溝《みぞ》のトンネルから這《は》い出《だ》すぼくの方を犯人《はんにん》が見ないように注意もひきつけておく。

犯人《はんにん》が姉にのこぎりの刃《は》を当てようと充分《じゅうぶん》に近づいた瞬間《しゅんかん》、ぼくは溝《みぞ》から出て、立ちあがり、扉《とびら》から出る……。

閂《かんぬき》をかけた瞬間《しゅんかん》、全身が震《ふる》えた。殺されようとする姉を残して、ぼくは一人だけ、外に出たのだ。姉はぼくを逃《に》がすために、あの電動のこぎりから逃《に》げ惑《まど》うことなく、部屋の角で演技《えんぎ》し続けたのだ。

閉《と》ざした扉《とびら》の向こう側で、電動のこぎりの音がやんだ。

だれかが内側から扉《とびら》を叩《たた》く。姉の手は切られたから、きっと、犯人《はんにん》の男だろうと思った。

もちろん、扉《とびら》は開かない。

中から、姉の笑い声が聞こえた。高く、劈《つんざ》くような声だった。いっしょに閉《と》じ込《こ》められて戸惑《とまど》っている犯人《はんにん》へ向けた、勝利を示《しめ》す笑い声だった。

それでも姉は、おそらくこの後で男に殺されるのだろう。二人だけで部屋に閉《と》じ込《こ》められたのだから、これまでにない残忍《ざんにん》なやりかたで、殺されるにちがいない。それでも姉は、ぼくを外に逃《に》がすことで、犯人《はんにん》を出《だ》し抜《ぬ》いたのだ。

ぼくは両側を見た。おそらくここは地下なのだろう。窓《まど》のない廊下《ろうか》が続いている。一定の距離《きょり》をおいて、暗闇《くらやみ》を照らす電灯と、閂《かんぬき》のかけられた扉《とびら》が並《なら》んでいる。扉《とびら》は全部で七つあった。

四番目以外の扉《とびら》の閂《かんぬき》を外して開けていった。三番目の部屋にはだれもいないはずだったが、同じように開けた。その部屋でも多くの人が殺されたのだから、そうしなければいけない気がした。

中にいた人々は、それぞれぼくの顔を見て、静かにうなずいていた。だれひとり、素直《すなお》に喜ぶ人はいなかった。この計画のことは、みんなに話している。ぼくが外に出ることができたということは、今、この瞬間《しゅんかん》に姉が殺されかけているということだ。それを、みんなは知っている。

五番目の部屋から出た女の人は、ぼくを抱《だ》きすくめて泣いた。それからみんなで、ただひとつ閉《と》ざされたままの扉《とびら》の前に集まった。

中から、まだ姉の笑う声が聞こえてきた。

電動のこぎりの音が再開《さいかい》する。男は、鉄の扉《とびら》をのこぎりで切ろうとしているのか、金属《きんぞく》の削《けず》れる音が響《ひび》く。しかし、扉《とびら》が切断《せつだん》される様子はない。

扉《とびら》を開けて姉を助けようと言うものはだれもいなかった。事前に、姉がぼくの口を使ってみんなに説明していた。きっと犯人《はんにん》から返《かえ》り討《う》ちされるだけだろうから、部屋から出られたらすぐに逃《に》げなさい、と。

ぼくたちは、姉と殺人鬼《さつじんき》の閉《と》じ込《こ》められた部屋を残して立ち去ることにした。

地下の廊下《ろうか》を抜《ぬ》けると、上りの階段《かいだん》が見えてくる。それを上がったところは太陽の輝《かがや》く外の世界のはずだ。薄暗《うすぐら》く、憂鬱《ゆううつ》で、寂《さび》しさの支配《しはい》する部屋からぼくたちは脱出《だっしゅつ》するのだ。

ぼくは涙《なみだ》がとまらなかった。首から十字架《じゅうじか》のついたネックレスを下げ、片手《かたて》に両親への謝罪《しゃざい》が書かれた手帳を持っている。そして手首には、姉の形見である腕時計《うでどけい》をはめていた。防水《ぼうすい》加工されていない腕時計《うでどけい》で、水の中に隠《かく》れたとき、壊《こわ》れてしまったのだろう。針《はり》は

乙一

ちょうど午後の六時を指したまま動くのをやめていた。

編者解説《へんじゃかいせつ》

朝宮運河《あさみやうんが》

十代の皆《みな》さんに向けて、ホラー小説の傑作《けっさく》をお届《とど》けするシリーズ「**キミが開く恐怖《きょうふ》の扉《とびら》ホラー傑作《けっさく》コレクション**」も三冊《さつ》目となりました。

〝学校怪談《かいだん》〟〝幽霊《ゆうれい》〟と一巻《かん》ごとにテーマを変えてきたこのシリーズ、今回のテーマは〝閉《と》ざされた場所〟です。得体の知れない空間に迷《まよ》いこんだ時に感じる不安や恐怖《きょうふ》。そこから逃《のが》れようとしても逃《のが》れられない絶望《ぜつぼう》や焦《あせ》り。そんな感情《かんじょう》をたっぷりと味わえる、閉鎖《へいさ》空間にまつわるホラー小説を三編《ぺん》選んでいます。

さて、ホラー小説には閉《と》ざされた場所がよく登場します。古めかしいお屋敷《やしき》やいわくつきのホテル。奇妙《きみょう》な風習が残る村に、大きな秘密《ひみつ》を隠《かく》した町。あるいは電車やタクシーなどの乗り物の中。このシリーズの第一巻《かん》で取り上げた学校も、すぐそばにある閉鎖《へいさ》空間といえるでしょう。

ホラーに登場する閉《と》ざされた場所は、現実《げんじつ》とはちょっと異《こと》なる風景が広がっていたり、常識《じょうしき》では考えられない事件《じけん》や現象《げんしょう》が起こったりする、一種の異世界《いせかい》のような空間です。閉鎖《へいさ》空間を描《えが》いたホラーは、たとえるならば恐怖《きょうふ》のテーマパーク。読者は主人公と一緒《いっしょ》になって、異様《いよう》な世界でハラハラドキドキの体験をすることになります。もっとも現実《げんじつ》のテーマパークと違《ちが》って、安全に楽しめるという保証《ほしょう》はありません。異世界《いせかい》から永久《えいきゅう》に出られなくなったり、危険《きけん》な目に遭《あ》ったりということもしばしば起こりうるのです。

できれば足を踏《ふ》み入《い》れたくない。でもなぜか妙《みょう》に気になって、様子を探《さぐ》りたくなってしまう。本書に収《おさ》めた三つの短編《たんぺん》には、そんな印象的な閉鎖《へいさ》空間が登場します。ホラー小説の歴史的な名作である、アメリカの作家スティーヴン・キングの幽霊《ゆうれい》ホテルもの『シャイニング』や、本シリーズ第二巻《かん》に登場した小野不由美《おのふゆみ》さんの村ホラー『屍鬼《しき》』がそうだったように、物語の舞台《ぶたい》がまるで主人公のような存在《そんざい》感を備《そな》えているのです。収録《しゅうろく》作のあらすじと読みどころを順に紹介《しょうかい》していきましょう。

菊地秀行《きくちひでゆき》さんの**「雨の町」**は、一年中雨が降《ふ》り続《つづ》いている風変わりな町の物語。主人公の青年がその町を訪《おとず》れた日も、やはりひどい雨が降《ふ》っています。こんな雨の日は外に出ないほうがいい、出かけたまま行方《ゆくえ》不明になった人もいるのだから、という宿屋の女性《じょせい》の忠告《ちゅうこく》を無視《むし》して、煙草《たばこ》を買いに出かけた青年は、案の定、帰り道が分からなくなってしまいました。宿を探《さが》して雨の中をさまよい歩くうち、街灯の下にたたずむ男の子を見かけるのですが……。

人間がこれといった理由もなしに、突然姿《とつぜんすがた》を消してしまう。こうした現象《げんしょう》は昔から各地で報《ほう》告《こく》されており、日本では神隠《かみかく》しなどと呼《よ》ばれてきました。この田舎町《いなかまち》で起こっているのは、まさに現代版《げんだいばん》の神隠《かみかく》しといえます。それだけでも十分に恐《おそ》ろしいですが、「雨の町」ではさらにアイデアにひとひねりを加え、向こうの世界から帰ってくる子どもたちの不気味さを、SFホラー的なタッチで描《えが》いています。降《ふ》り続《つづ》く雨の向こうには、一体どんな世界が広がっているのでしょうか。幽霊《ゆうれい》を扱《あつか》ったホラーとはまたひと味違《ちが》った、スケールの大きい怖《こわ》さが感じられる作品です。

作者の菊地秀行さんは『魔界都市《まかいとし》〈新宿〉』や『吸血鬼《きゅうけつき》ハンター〝D〟』など、超人的《ちょうじんてき》な力を備《そな》えたヒーローが大活躍《だいかつやく》するアクションホラーで有名ですが、短編《たんぺん》には「雨の町」のように幻《げん》想的《そうてき》で、ちょっと奇妙《きみょう》な味わいのホラーが数多くあります。「雨の町」が気に入った人は、ぜひ『死愁記《ししゅうき》』などの短編集《たんぺんしゅう》も探《さが》して読んでみてください。

恒川光太郎《つねかわこうたろう》さんの**「神家没落《じんけぼつらく》」**は、現実《げんじつ》と異世界《いせかい》との間にたたずむ不思議な家を描《えが》いています。主人公の〈僕《ぼく》〉は夜の帰り道、それまで見たことのない古い民家にたどり着きました。家から出てきたのは、能面《のうめん》をかぶった一人の老人。彼《かれ》に誘《さそ》われるまま家に足を踏《ふ》み入れた〈僕《ぼく》〉は、どうやらなんと家の敷地《しきち》から出られなくなってしまいます。長年この家に囚《とら》われていた老人は、〈僕《ぼく》〉を身代わりに立てて、外へ逃《のが》れていったらしいのです。〈僕《ぼく》〉の静かなサバイバル生活が始まります。

この家にはいくつかのルールや法則《ほうそく》があります。誰《だれ》かを身代わりにしなければ一生外に出られないというのがそうですし、決まったルートで建物が日本各地を移動《いどう》するというのもそう。なぜこんな家が存在《そんざい》しているのか、作中で詳《くわ》しくは語られませんが、もしかすると大昔からこういう現象《げんしょう》は起こり続けていて、私《わたし》たちの祖先《そせん》はそれを神様と呼《よ》んでいたのかもしれません。〈僕《ぼく》〉はこの家の暮《く》らしに少しずつ馴染《なじ》み、居心地《いごこち》の良さを感じるようになりますが、ある男が訪《たず》ねてきたことで、運命が大きく動き始めます。閉《と》ざされた世界から逃《のが》れたいという気持ちと、そこに居《い》続けたいという気持ち。相反する感情《かんじょう》とともに恐《おそ》ろしい事件《じけん》のてんまつを描《えが》いた「神家没落《じんけぼつらく》」は、現実《げんじつ》と重なり合って存在《そんざい》するもうひとつの世界を描《えが》き続けている、恒川光太郎さんらしい幻《げん》想《そう》ホラーに仕上がっています。なお「神家没落《じんけぼつらく》」が収《おさ》められた『秋の牢獄《ろうごく》』は、印象的な〝閉《と》ざされた場所〟が他にも登場する短編集《たんぺんしゅう》です。

乙一《おついち》さんの「SEVEN ROOMS」はコンクリートで覆《おお》われた、窓《まど》のない四角い部屋が舞《ぶ》台《たい》です。十歳《さい》になる主人公の少年は、姉と一緒《いっしょ》に何者かに誘拐《ゆうかい》され、この鍵《かぎ》のかかった部屋に閉《と》じこめられてしまったのです。少年は水を流すための小さな穴《あな》をくぐって、壁《かべ》の向こうの様子を探《さぐ》りに行くのですが、そこには意外な眺《なが》めが広がっていました。壁《かべ》の向こうにも、また別の人が閉《と》じこめられていたのです。

やがて少年は自分たちがいるのと同じような部屋が七つ、横に並《なら》んでいることを突《つ》き止めます。正体不明の誘拐犯《ゆうかいはん》は、何のためにそんな部屋を用意したのでしょうか。その意味が分かった瞬間《しゅんかん》、読者は言いようのない怖《こわ》さと絶望《ぜつぼう》に震《ふる》え上《あ》がることになります。「SEVEN ROOMS」はこの作品が書かれた当時（二〇〇二年前後）に流行した『CUBE』や『SAW』などの謎《なぞ》の閉鎖《へいさ》空間を舞台《ぶたい》にしたスリラー映画《えいが》を思わせるところがあり、犯人《はんにん》の裏《うら》をかいてどのように鍵《かぎ》のかかった部屋から脱出《だっしゅつ》するかがストーリーの山場になっています。

なんともやるせなく、恐《おそ》ろしい物語ですが、残酷《ざんこく》な運命に立ち向かうことの尊《とうと》さや、絶望の中できらめく人間性《にんげんせい》も描《えが》かれており、その読後感は忘《わす》れがたいものです。もともと十代の読者に向けて書かれたこの作品を通して、さまざまなことを感じていただければと思います。作者の乙一さんは『夏と花火と私《わたし》の死体』という小説で、高校生の頃《ころ》に作家デビューしました。それ以来、『失はれる物語』、『GOTH リストカット事件《じけん》』など、独特《どくとく》の切なさと怖《こわ》さに満ちたホラーやミステリーを数多く発表しています。大人が読んでも面白《おもしろ》いですが、十代の頃《ころ》に出会っておけばもっと楽しめる。そんな作家の一人です。

さて、無事に恐怖《きょうふ》のテーマパークから脱出《だっしゅつ》することはできたでしょうか？　閉《と》ざされた場所を描《えが》いたホラーは、私《わたし》たちに現実《げんじつ》とは異《こと》なる世界を覗《のぞ》かせ、世の中をこれまでと違《ちが》った角度から眺《なが》めるきっかけを与《あた》えてくれます。想像力《そうぞうりょく》を刺激《しげき》するホラー小説の面白《おもしろ》さを、あらためて感じていただけたら幸いです。

[著者プロフィール]

菊地秀行（きくち・ひでゆき）

1949年、千葉県生まれ。外谷さん愛好家。1982年『魔界都市〈新宿〉』でデビュー。1985年『魔界行』三部作がベストセラーとなる。以後『吸血鬼ハンター“D”』等のヒットシリーズを生み出すなど、伝奇、SF、ホラー、ファンタジーほか幅広いジャンルで活躍。

恒川光太郎（つねかわ・こうたろう）

1973年、東京都生まれ。2005年「夜市」で日本ホラー小説大賞を受賞しデビュー。2014年『金色機械』で日本推理作家協会賞を受賞。ほかの著書に『スタープレイヤー』『滅びの園』『真夜中のたずねびと』『箱庭の巡礼者たち』、怪談絵本『ゆうれいのまち』など。

乙一（おつ・いち）

1978年、福岡県生まれ。1996年『夏と花火と私の死体』でジャンプ小説・ノンフィクション大賞を受賞しデビュー。2003年『GOTH　リストカット事件』で本格ミステリ大賞受賞。ほかの著書に『ZOO』『銃とチョコレート』など。

編者／朝宮運河（あさみや・うんが）
1977年北海道生まれ。得意分野であるホラーや怪談・幻想小説を中心に、本の情報誌「ダ・ヴィンチ」や、雑誌「怪と幽」、朝日新聞のブックサイト「好書好日」などに書評・ブックガイドを執筆。 小説家へのインタビューも多数。編纂アンソロジーに『家が呼ぶ 物件ホラー傑作選』、『再生　角川ホラー文庫ベストセレクション』『七つのカップ　現代ホラー小説傑作集』など。

〈底本〉
菊地秀行「雨の町」――『死愁記』（新潮文庫）
恒川光太郎「神家没落」――『秋の牢獄』（角川ホラー文庫）
乙一「SEVEN ROOMS」――『ZOO』（集英社文庫）

装画　谷川千佳
装丁　石野春加（DAI-ART PLANNING）
編集　北浦学

キミが開く恐怖の扉　ホラー傑作コレクション
ここから出して

2025年1月　初版第1刷発行

著　者　菊地秀行　恒川光太郎　乙一
編　者　朝宮運河

発行者　三谷光
発行所　株式会社 汐文社
　　　　東京都千代田区富士見1-6-1 富士見ビル1F　〒102-0071
　　　　電話：03-6862-5200　FAX：03-6862-5202
印刷　新星社西川印刷株式会社
製本　東京美術紙工協業組合

ISBN978-4-8113-3217-8　乱丁・落丁本はお取り替えいたします。
＊本書には現在では慎むべきと考えられる語句や表現が含まれる場合がありますが、作品の時代背景と価値を鑑み、著者に差別的な意図がないことを踏まえ、原文を尊重する立場からそのまま掲載しております。